RYU NOVELS

天正大戦乱　信長覇王伝

西国燃ゆ！

中岡潤一郎

【目次】

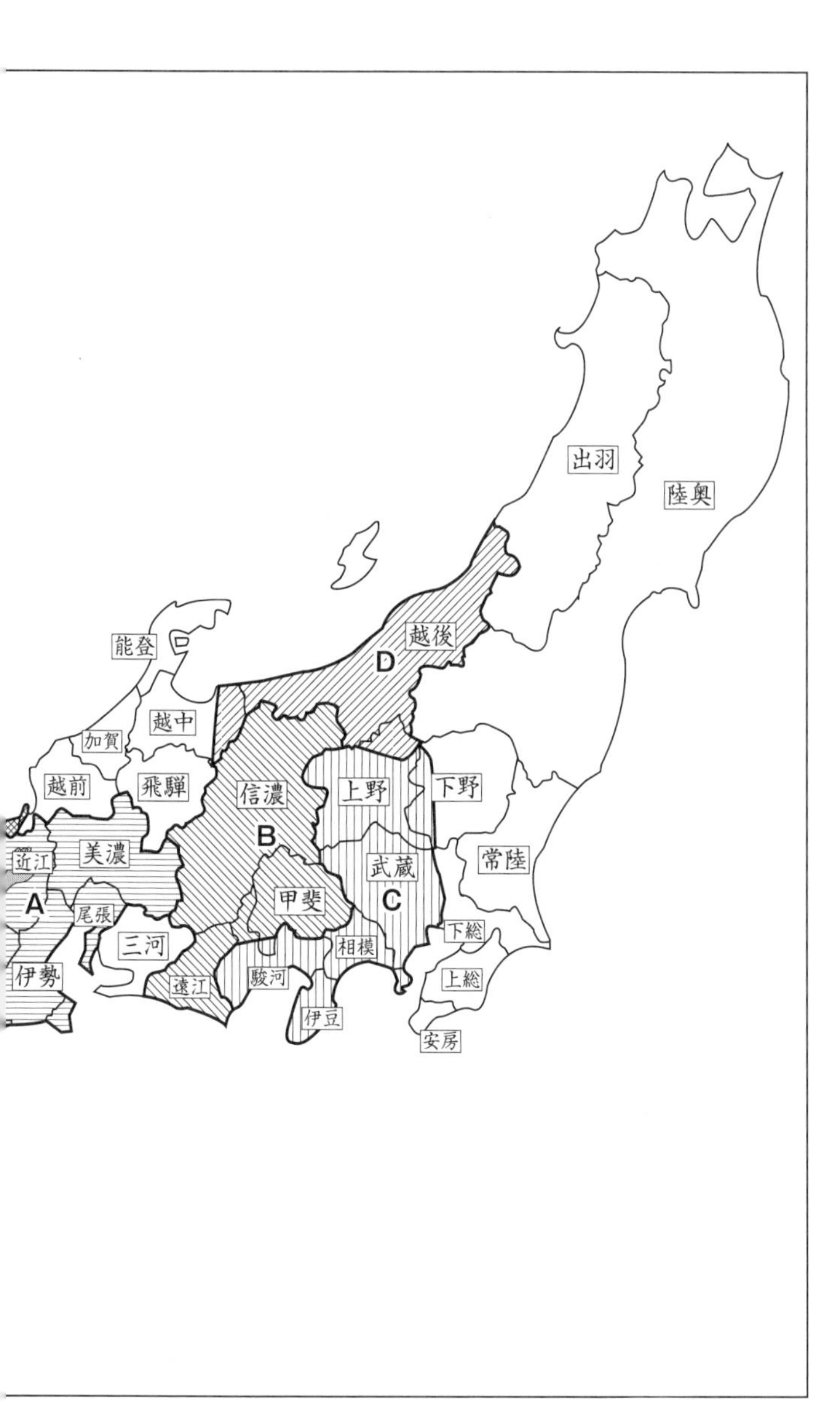
出羽
陸奥
能登
越後
D
越中
加賀
越前
飛騨
信濃
上野
下野
B
美濃
近江
武蔵
常陸
A
甲斐
C
尾張
下総
三河
相模
伊勢
駿河
遠江
上総
伊豆
安房

天正7年（1579年）主要勢力図

A 織田家　B 武田家　C 北條家

D 上杉家　E 浅井家　F 毛利家

G 三好家　H 長宗我部家

I 大友家　J 龍造寺家　K 島津家

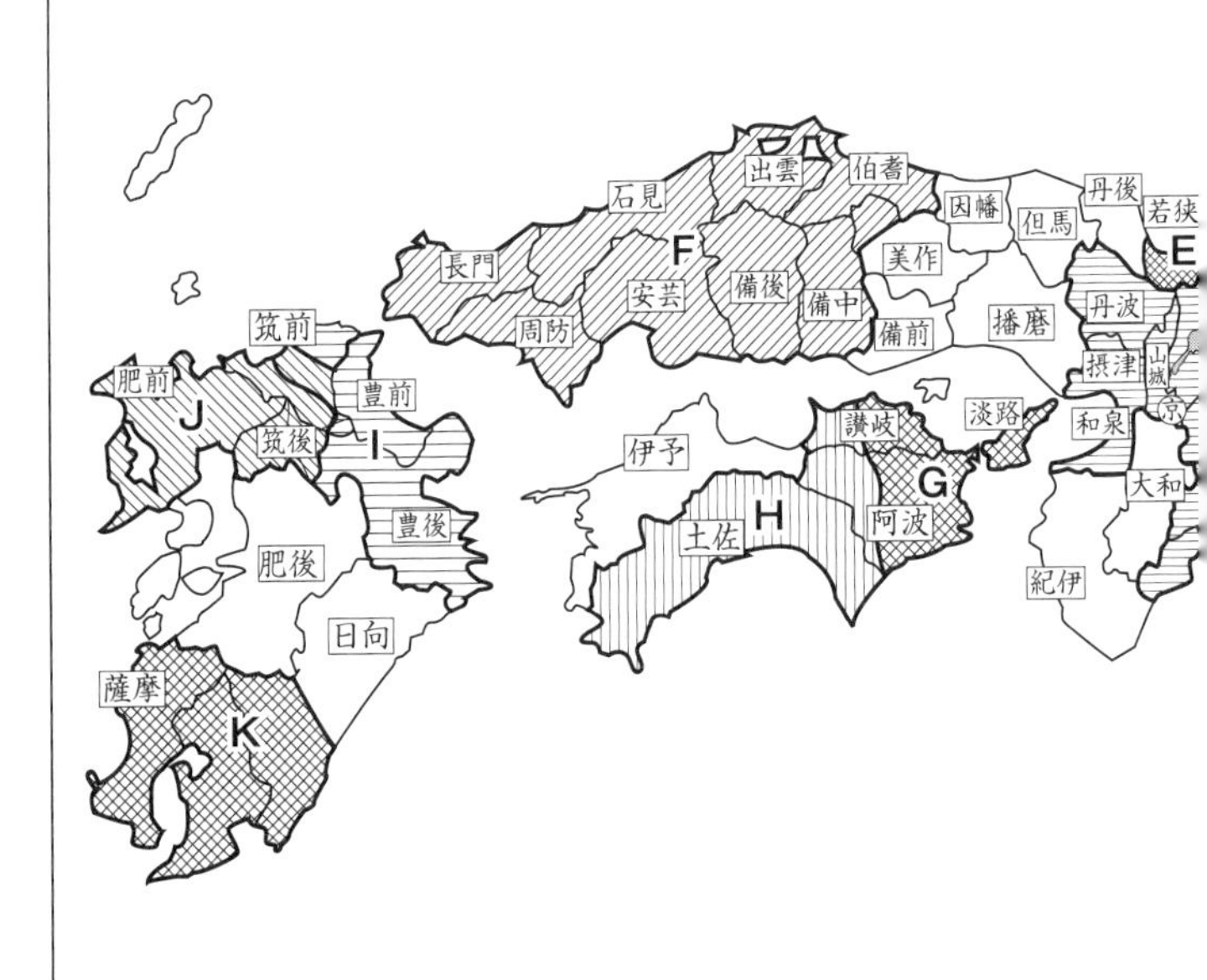

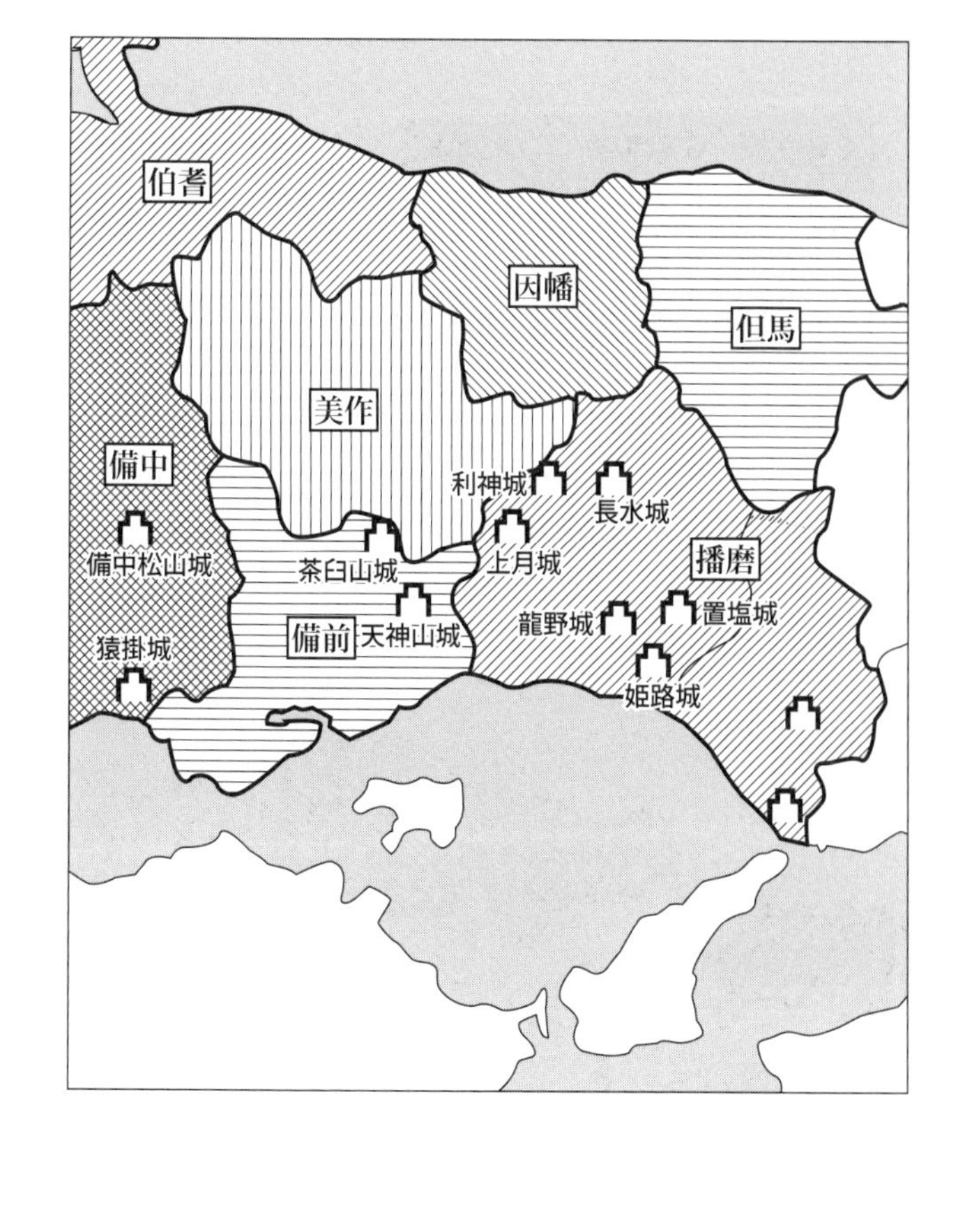
伯耆
因幡
但馬
美作
備中
利神城
長水城
備中松山城
茶臼山城
上月城
播磨
龍野城
置塩城
備前
天神山城
猿掛城
姫路城

序章　明石の変

天正七年（一五七九年）一一月三日
播磨国明石

「敵は……にあり！」

山県駿河守昌景が振り向くと、右の奥で馬上の将が槍を振りあげた。顔は松明に照らされて、朱色に染まっている。

「信長は目の前ぞ。供回りはわずかで、その首を取るのはたやすい。さあ、者ども、進め！」


喚声があがって、長柄衆が駆け出していく。

閉ざされた大手門の向こう側から声が響いて、すでに兵が乱入していることがわかる。火がついたのか、右手の奥が朱色に輝いている。

城内からの攻撃はない。弓矢の攻撃も途絶えており、敵の足軽も姿を見せない。

東の空は闇に覆われて、夜明けまでは時間がかかる。明るくなる頃には城は落ちていよう。

最悪の形で。

「駿河様、どうなさいますか」

かたわらの若い将に問われて、昌景は顔をしかめた。

「このままでは、あの者が討ち取られてしまいます。我らはいったい、どうすれば」

「うろたえるな、源三郎」

高坂源三郎昌定は武田の重臣、高坂弾正昌信の三男であり、秋山信虎に従って美濃で織田勢と戦った。武田勢が甲斐に下がってからは甲府にあって、必要に応じて駿河や信濃に出陣し、北条勢とわたりあっている。

武辺に頼るところがあり、兄の昌澄に比べると視野は狭かったが、それでも強敵相手にひるむことなく挑む姿は頼もしく映った。

その昌定が動揺している。

灯りに照らされた顔には焦りがあり、さかんに馬首を返しているところからも、激しい迷いが見てとれる。

実のところ、それは昌景も同じだ。思いもよらない現場に立ち合って、どのようにしていいのかわからない。

冷静に考えれば、放っておけばいい。

目の前の戦いは主家とはなんのかかわりもなく、なんの利もないのだから、わざわざ身を危険にさらす必要はない。


ましてや、相手はあの織田信長ではないか。不倶戴天の仇敵であり、恨みこそあれ恩義など一つもない。放っておくのが吉だ。

それはわかっている。わかっているのだが……。

ふと、昌景の脳裏に信長の容姿がよぎる。

最後に見たのは、主が死ぬ寸前だった。

使番に導かれ、馬に乗って現れた信長は、敵でありながら華麗だった。

南蛮具足と天鵞絨の陣羽織は目を惹き、凝ったこしらえの馬具も、急ごしらえとは思えないほどのできばえだった。

覇気はすさまじく、さながら彼の背後で太陽が輝いているかのようだった。

あの時、昌景は圧倒されていた。

それは、かつての主だった武田信玄を前にした時と同じ感覚だった。

その信長が追いつめられている。

逃げ場はなく、このままなら無惨な最期を遂げる。確実に。

苦味のこもった衝動に突き動かされて、昌景は手綱を振った。

馬がいななき、城門に向かって走り出す。

声があがって、ようやく城内から矢が放たれた。銃声も轟く。

しかしその数は少なく、敵勢を抑えることはできない。すでに城門には足軽が取りついて、門扉を打ち破ろうとしていた。

城門の様子を確認すべく、さらに昌景が馬を寄せた時、高い声が響いた。

「止まれ！　織田の者か！」

振り向くと、足軽が駆けよって昌景に穂先を向けるところだった。

その後方には、馬に乗った侍の姿がある。

伊予札黒糸縅二枚胴具足に桃形の兜といういでたちだ。色は茶色だと思われるが、暗いのではっきりしない。

面当てをしているので、表情はわからない。

ふるまいから見て、名のある侍大将であろう。あるいは、攻め手の総大将かもしれない。

「誰か！」

鋭い声が響く。眼光は鋭く、刀を突きつけられているような感覚がある。

昌景は相手をにらみつけて応じた。

「儂は武田家中、山県駿河守昌景。織田右府殿にやんごとなき話があり、この明石の地に来ていた」

「山県駿河と申されたか」

「いかにも」

「おお。まさか、このようなところで顔をあわせるとは。奇縁もよいところですな」

侍は面当てをとって昌景に馬を寄せた。

「手前は毛利家中、乃美助四郎宗勝。以前、京でお目にかかりましたな」

　闇夜に浮かぶ顔には見おぼえがあり、思わず昌景は声をあげた。

「なんと乃美殿か。久しいですな」

　乃美助四郎宗勝は中国地方の覇者、毛利輝元の家臣だ。早くから小早川隆景に仕え、毛利家の存亡を賭けた厳島合戦では村上水軍を味方に引き入れて、勝利に貢献した。

　山陽道の水軍は、今でも宗勝が押さえていると聞く。毛利の躍進を支える勇将と言えよう。

　その宗勝と、昌景は京で顔をあわせたことがあった。

　信玄が上洛すると、多くの大名が祝賀の使節を派遣したが、そのうちの一つに毛利家があった。小早川隆景を長とする一大使節団で、そこに宗勝も加わっていた。

　年が近いこともあり、昌景は宗勝と親しく交わり、茶の湯を共にしたり、嵐山まで花見に行ったりした。酒をかわしながら、夜遅くまで各国の情勢を語り合ったこともある。

　京では多くの武将と交わったが、腹を割って話ができたのは彼だけである。

　あれから五年が経ち、情勢は大きく変わった。この世の栄華を味わっていた武田家は京を追われ、苦難の日々を送っている。

　一方の毛利家は合従連衡で勢力を伸ばし、西の国々を押さえ、いまや畿内に進出する勢いだ。

　天下を取るのは毛利という声もあがっており、主君の輝元が暮らす広島は武家や商人が集まって、西国屈指の賑わいだという。

「槇島で馳走を受けた時のことは、今でもおぼえております。素晴らしい心づくしでした」

　宗勝の言葉に昌景は顔をしかめた。あまり過去の話はしたくない。

「いえ、さようなことは。それより……」

「確かに。今は昔話をしている場合ではありませんな」

宗勝が城を見る。

「船上城は播磨の切所。ここを押さえれば、摂津のみならず、畿内への進出もたやすきこと。播州三木城へにらみをきかせることもできますゆえ、織田が押さえるのは当然のこと」

「でしょうな」

「その船上城に今、織田右府がこもっております。わずか五〇〇の手勢で」

わかっている。その信長に会うために、昌景はわざわざ播磨の地まで赴いた。

「攻めているのは、我らの手勢三〇〇〇。船上城は平城であるのに加えて、一度、焼かれておりますので守りは手薄。とても三〇〇〇の兵を食い止めることはできませせぬ。もはや織田右府の命は風前の灯火」

宗勝が指揮を執っているのだから、抜け道は完璧にふさいでいるはずで、その言葉は正確だ。

明石は諸々の条件が重なって、兵の空白地帯となっており、見事に織田の裏をかいたと言える。

いったい誰がこの策を練りあげたのか。

宗勝か、あるいは小早川隆景あたりか。

「駿河殿、ここで顔をあわせたのも何かの縁。ともに信長を討ちましょうぞ」

「なんと」

「二年前、甲斐の国主、武田信玄殿は織田に敗れ、思わぬ形で命を落としました。その無念を晴らすのは今しかないと思われます」

「…………」

「駿河様の武勇は、手前がもっともよく知っております。さあ、ここで信長の首を取り、その勢いで織田家を京から叩き出してしまいましょう」

ひときわ鉄砲の音が高まった瞬間、昌景は馬を動かしていた。

毛利勢に立ちふさがる場所に。

「どうなされました、駿河殿」

「ここを通すわけにはいかぬ、乃美殿」

昌景は昌定から槍を受け取り、その切っ先を宗勝に向けた。

「下がられよ。無益な殺生はしたくない」

「いかなる所存か」

宗勝は目を大きく見開いていた。驚きを隠そうとしない。

「信長は駿河殿にとって主君の敵(かたき)であるはず。それを守るとは。筋が通らぬではありませぬか」

宗勝の舌鋒(ぜっぽう)が昌景の心をえぐる。

自分でも理不尽だと思う。

信長に対する憎しみは、かさぶたに覆われた傷のように心の奥底に残っている。信玄のことを思えば、今でも信長を討ち取りたい。

しかし、その一方で、信長を倒すことに意味があるのかと思う自分もいる。


信長を討って、織田を打倒する。

それは、おそろしいほど心地よい響きだ。

かつて昌景は織田を倒すため、全知全能をふり絞って戦った。

近江では武田信頼(のぶより)に従って、柴田勝家(しばたかついえ)や丹羽長秀(にわながひで)らと渡りあったし、尾張では織田の本領に踏みこんで、信長自身と刃を交えた。

今でも尾張笠寺の戦いを思うと胸がざわつく。もうひと押ししていれば、信長をこの手で討ち果たすことができた。そのように思えてならない。

しかし、今は……。

「では、先に行っておりますぞ。家臣を残しますので、その気になりましたら、来てくだされ」

宗勝が合図すると、騎馬武者が争うようにして前に出た。行く先は船上城だ。

城門の近くで声があがる。ついに門扉が破られ、足軽が乱入していく。

うと、胸が切り裂かれそうな痛みを感じる。

だが、主家のことを考えれば、ここで信長に死んでもらっては困る。

東国の情勢を考えれば、今の武田家には織田がどうしても必要だった。

「ゆえあってのこと。どうしてもと言うのであれば、この山県昌景を討ち取ってからにせよ」

昌景と昌定、さらに彼の家臣が毛利勢の行く手をはばむ。

数のうえでは勝ち目はない。

あっさり首を取られるのは昌景かもしれず、無駄死どころか、毛利と武田の間に深い亀裂を残すだけかもしれない。

それでも昌景は引くわけにはいかない。

やるべきことをやってこそ、忠義を果たすことができよう。

覚悟が伝わったのか、毛利勢の動きがわずかながらひるんだ。全員の足が止まる。

それを破ったのは、やはり宗勝だった。自ら前に出て槍を昌景に向けた。

「さようにおっしゃるのでしたら、致し方ありませんな。我らも主命を帯びて、この地におります。押して通らせていただく」

「来るがよい。武士の意地、最後までつらぬく」

「しからば、御免！」

宗勝は馬を寄せると、強烈な勢いで槍を突き出した。

昌景は穂先を軽く払いのけると馬をぶつけ、動揺を誘う。

ひるむことなく、宗勝は馬上に踏みとどまって反撃を加える。

切っ先が昌景の頰をかすめ、血が吹き出る。

赤く染まる視界の片隅を、毛利の手勢が走っていく。目は血走り、頰は赤い。

なぜ、こんなことになったのか。

遠い播磨の地で、どうして織田のために、武田の家臣である自分が戦わねばならないのか。

昌景は宗勝と対峙しながらも、過去に思いをはせる。

全国の情勢が脳裏に浮かび上がる。

それは途方もない速さと大きさで動いているわけだが、その中心にあったのは常に織田家、いや、織田信長その人だった。

第一章　織田家、飛翔

一

天正七年九月一日　伏見

丹羽五郎左衛門(ごろうざえもん)長秀は導かれるままに、本丸御殿の濡縁(ぬれえん)を静かに歩いていた。

穏やかな日差しが行く手を照らす。

今年は暑い日々がつづいたが、さすがに九月に入って、秋の気配が色濃く漂うようになった。宇治川から吹きつける風は涼しく、町を歩いていて心地よい。

あと半月もすれば、醍醐寺の紅葉も赤く色づく。抜けるような青い空を見ながら、連歌(れんが)の会を催せば、秋の一日を堪能できる。

いや、この伏見の城でも、晩秋の風情を感じることはできるはずだが……。

思わず長秀は口元をゆるめる。

役目に忙殺される日々では、季節を楽しむ時間など持てるはずもない。

茶会にせよ、連歌の会にせよ、有力武将や商人との社交場であり、優雅な場を盛りあげつつも、強く織田の立場を主張しなければならない。

時には野暮にならない程度に、政(まつりごと)に関わる話をまじえる必要もある。

合戦以上に神経を使う戦いの場であり、気が休まることなどありえない。

「それも仕方のないこと」

思わず長秀はつぶやいて、左手方向に広がる白壁を見やる。

突貫で作らせたわりにはよい出来で、ほころびは見えない。

塗りは完璧で、白さはねらいどおりにきわだっている。浅井長政が訪れた時、白壁を褒めたというが、それも当然であろう。

長秀が見ている白壁は、伏見城の本丸御殿と天守を区切る壁であり、彼が歩いているのは、まさにその伏見城本丸御殿の濡縁であった。

二年前、尾張笠寺の合戦で武田勢を撃破すると、信長はすぐさま畿内に入り、三好、波多野、京極勢を撃破した。さらに一部の手勢は西の播磨まで進出し、勢力を大いに広げた。

この戦いには摂津の荒木摂津守村重や大和の筒井順慶のみならず、雑賀勢や細川吉兆家、さらには高野山の僧兵も手を貸し、世間を驚かせた。

すさまじい勢いで味方が増えた背景には、信長が信玄を破ったという事実があった。

合戦の詳細はまたたく間に全国各地に広がり、名のある武家や商人、僧侶に大きな衝撃を与えた。

信玄は当時、無敵と思われており、ひとたび戦になれば、敵を完膚なきまでに叩きつぶすと思われていた。

信長も例外ではなく、尾張決戦となった時、彼の勝利を予想する者は誰もいなかった。

だが、勝ったのは信長で、信玄は徳川家康の手で深傷を負い、最後は家臣に見守られて息を引き取っている。

天下の名将を破ったという事実は、途方もない驚きをもって迎え入れられ、信長の名声を飛躍的に高めた。

以前からも信長を評価する声は高かったが、それをさらに後押しし、途方もない高みへ持ちあげた。それが臣従する者を増やす結果になり、丹後一色家や若狭の京極といった名家ですら、織田の軍門に降ったのである。

畿内の平定を終えると、信長は即座に伏見に城を築くことを決め、長秀に城奉行を命じた。

長秀は信長の命令で摂津や播磨、あるいは越前に赴くことが多く、集中して作業する時間は短かったが、それでも今年の四月には三重の天守が完成、六月には本丸御殿も竣工し、その偉容が民の前に現れた。

信長が城に入ったのは七月であり、以降は伏見と岐阜を往復して政務を執っている。

所領が大きくなるにつれて、信長は清洲、小牧山、岐阜と本拠を移動してきた。

そして、今度は伏見である。

西に大きく本拠を移したのは、西国への関心が強いことを意味していた。

果たして、この先はどうなるのか。

信長が変わらぬ以上、織田はなおも勢力を広げるべく戦いつづけるであろうが、その先に何があるのか、残念ながら長秀には見えていない。何があることは確かだが、それがどのようなものか把握する術がない。

今の自分にできることと言えば、主の命令を受けて、やるべきことを全力でやる。ただそれだけだった。

そこで長秀の視界に、派手な肩衣の小姓が飛び込んできた。

背筋を伸ばし、静かに歩み寄ってくる姿には、若い武将特有の凛々しさがある。

傲慢にすら見える立ち振る舞いは、輝かしい未来を信じて疑わない者しか持ち得ない。

森蘭丸成利だ。信長の近くにあって、取次の役目を果たしている。

伏見に移ってからは信長の使者として岐阜や近江の佐和山に赴くことも多く、織田家中でも一目、置かれている。

蘭丸は長秀を見ると、さっと道を開け、膝をついた。

「お待ちしておりました、丹羽様」

「どうした。おぬしは上様の使いで、荒木摂津のところへ向かったのではなかったか」

ここのところ、信長を呼ぶ時には御館様ではなく、上様という言い回しを使う。

嫡男である信忠の立場を考えてのことであろうが、織田家中はごく自然にその呼び名を受けいれていた。

「呼び戻されました。急な役目があるとのことで」

蘭丸は静かに先をつづけた。

「上様からのお言葉です。すぐに軍議をするので、評定所に来るようにと。すでに柴田様、滝川様、明智様にも声をかけております。間を置かず、おいでになるものかと」

「軍議だと？ 何か変事でもあったのか」

「わかりませぬ。とにかく、軍議をするので皆を集めるようにと」

今日は、復興の進む京の町をどうするのか話しあうはずだったが、それを差し置いてやるべきことができたのか。

信長が方針を変えるのは珍しいことではない。思いたったら、すぐに動く。それは、尾張統一を目指して戦っていた頃から変わらない。

「あいわかった。すぐに参る」

長秀は意を決して、行く先を変えた。

評定所についた時、驚くべきことにおもだった将はすでに集まっていた。

　柴田修理亮勝家、滝川伊予守一益、明智日向守光秀、村井長門守貞勝らが集まり、その周囲を松井友閑、津田利右衛門、生駒雅楽頭親正らがとりまいている。

　意外な情景に立ち尽くしていると、勝家が彼を見つけて声をかけてきた。

「おお五郎左、来たか」

「これは修理殿。もうおいでとは」

　長秀は勝家の前に座って軽く頭を下げた。

「遅くなりまして、申しわけございませぬ」

「かまわぬよ。どうやら、おぬしへの知らせが一番、遅かったようだな。屋敷にいると思っていたのであろう。儂らが話を聞いたのは、半刻ほど前であった」

「それでも、わずかそれだけの間に……」

「上様のご気性は知っていよう。伏見の地にいながら登城に時をかけようものなら、文字どおり首が飛ぶぞ」

　織田の家臣は伏見に屋敷を与えられており、用事がない時には信長の近くにいる。

　呼び出しがあった時、すぐに動けて当たり前と信長は考えており、万が一にも遅れれば、何があってもおかしくない。

　事実、佐久間玄蕃允盛政は呼び出しに遅れて勘気をこうむり、危うく追放されそうになった。長秀の取りなしがあって、なんとか罪はまぬがれたが、なんとも危ういところだった。

　果断な信長は今も変わらず、それがわかっているからこそ家臣は伏見の屋敷で暮らし、呼び出しがあれば、すぐに応じる。

「久しいな。四月に城の普請を手伝って以来か」

「あの時は世話になりました。その後は、ずっと越前ですか」

「うむ。手間取ったが、朝倉家を追い込みつつある。根雪が降る前にはなんとかなろう。浅井右近殿がいい戦ぶりを見せておられてな。なんとも頼もしい」

　勝家は畿内が落ち着くと、近江の浅井右近衛少将長政を助けて、越前朝倉家と戦っていた。

　朝倉左衛門督義景は越前守護であり、武田が敗北した後も織田家と対抗する姿勢を見せ、さかんに近江への侵入を試みていた。

　越前は浅井の切り取り放題と決まっていたが、兵力の問題から長政は織田に援軍を求めることが多く、勝家や前田又左衛門利家、佐々内蔵助成政らが越前へ進出していた。

「朝倉家は一向衆を味方につけていた。これがなかなか手強く、打ち破るのに手間取った」

「聞いております。中川八郎右衛門が、それで討ち取られたとか」

「ああ。敦賀に迫ったところで、横合いから攻められて、あっという間にやられてしまった。助けに向かった佐々内蔵助も手傷を負った。むごい戦いであった」

　朝倉相手の戦いは苦しかったが、大規模な根斬りで一向衆を根絶してから流れが変わってきた。一〇〇〇、二〇〇〇の単位で信者の首をさらし、逆らう村を徹底的に焼き払うことで、ようやく織田・浅井の連合軍は朝倉勢と向かいあい、勝利を積み重ねることができた。

「五月の金ヶ崎合戦で朝倉勢を叩いて、流れは我らに来た。もう大丈夫だ」

　勝家の口元に笑みが浮かぶ。

　髭だらけの表情には余裕があり、戦が有利に進んでいることがはっきりとわかる。四月に顔をあわせた時とはまるで違う。

「先鋒は一乗谷に迫っている。今月中には、越前に戻って味方を助けてやりたいな」

「修理殿が帰る頃には、戦は終わっているかもしれませんな」

「又左には、余計なことはするなと言ってある。儂の手柄も残しておいてもらわんとな」

前田利家は勝家の与力として、朝倉の主力と戦っていた。信長から金ケ崎山城を賜り、所領も大きく広がった。

「おう、そうだ。ちょうどよかった。おぬしに聞きたいことがあった」

勝家は、にじり寄ってきた。

「東国はどうなっている。落ち着いているのか」

「まだまだです。動きが派手で、どうなるかわかりませぬ。我らにかかわりはありませんが、目を離すことはできませんな」

「北条が駿河を取ったとも聞いた」

「はい。武田は富士川の戦いに敗れて、甲斐に下がっております」

長秀は顔をしかめた。

「遠江（とおとうみ）では武田勢が踏ん張っておりますが、今川（いまがわ）の旧臣が一揆を起こしまして。今川勢は相当に武田を怨んでおりますから、討伐には手間がかかりましょう」

「遠江が揺れれば、三河も揺れるか」

「今の徳川家に今川、北条勢を食い止める余力はありませぬ。その時には、面倒なことになりましょうな」

武田の後退で事態は落ち着くと思われたが、現実は逆に進んで、混乱はさらに激しくなっている。東国のみならず、西国でも情勢は大きく動いて、思いもよらない合戦が起きている。

播磨をめぐる戦いが、ここまでややこしくなるとは考えてもいなかった。

果たして、この先、どうなるのか。長秀にはまったく読めない。

「そのあたりも上様からお話があるかと」

口をはさんできたのは、明智光秀だった。

鬢は以前よりもさらに薄くなってしまったが、背筋はしっかり伸びており、声にも張りがある。桔梗色の素襖を着こなすあたりも見事であろう。

光秀はかつて足利義昭に仕えていたが、後に織田に転じ、苦難の時を迎えても信長から離れることはなく、忠義を尽くしている。

武田との戦いでも一貫して織田に味方し、その勝利に貢献した。

正式に日向守の官位を賜ったのも、光秀の働きが図抜けていたからだ。武将としての能力は、勝家や一益も上回るであろう。

「柴田様、丹羽様だけでなく、おもだった将をこれだけ集めているのですから、何か大きな動きがあると見て間違いないかと」

くどい言い回しは光秀らしい。

それが嫌いであると言う者も多いが、長秀は発言の正しさを重視しており、さほど気にならなかった。

「であろうな」

勝家は笑みを消し、左右を見回す。

「武田との決戦がおこなわれてから二年が経つ。織田は周囲を敵に取り囲まれ、厄介な立場にはおるが、上様がそれを座して見ているだけとは思えぬ。そろそろ動きがあってしかるべきであろう」

長秀が応じようとした時、呼びかける声が響いて小姓が姿を見せた。

鮮やかな群青の直垂を身につけているのは、小姓の森坊丸だ。森可成の四男であり、東美濃を守る森武蔵守長可の弟である。

まだ若いが、信長の使者として堺や伊丹に赴き、有力武将や商人と顔をあわせている。まもなく元服という話で、今後の織田を支える将として期待されている。

坊丸は膝をついて一礼すると声を張りあげた。

「上様がお見えになります。各々がた、支度のほどを」

織田の諸将はうなずき、無言で座り直した。

横に並んで、高座と向かいあうような位置についたところで全員が頭を下げて、主君が姿を見せるのを待つ。

強烈な気配が来るまで、たいして時はかからなかった。目線をあげずとも、存在をはっきり感知できる。そんな人物は一人だけだ。

気配が高座についたところで、カン高い声が響いた。

「面(おもて)をあげよ」

長秀がわずかに顔をあげると、視界の上方に彼らを見おろす織田右大臣(うだいじん)信長の姿があった。

まもなく五〇になろうというのに髪は黒く、肌の艶(つや)も衰えていない。背筋はしっかりと伸ばされ、南蛮船を染め抜いた直垂を見事に着こなしている。

強烈な眼光も以前と変わらない。いや、むしろ鋭さを増しているのではないか。

右大臣に就任したのは七月のことで、征夷大将軍に任じられるのではという噂もある。

長秀の主君は苛烈な戦国の世をくぐり抜け、さらなる飛躍を遂げようとしている。果たして、どこまで成長するのか見当もつかない。

「皆と、こうして顔をあわせることができて重畳(ちょうじょう)である。おぬしらのおかげで、織田は新たなる一歩を踏み出すことができた。武田に踏みにじられても忠義を尽くし、我を支えてくれたことには礼を申す」

信長は武田との戦いを終えた頃から、家臣に対して素直に礼を述べるようになった。以前は目立たぬように気を使っていたのだが、評定の場や客を前にしても、そのふるまいを堂々と褒めることが多くなった。

　信長の内面は大きく変わりつつある。これもその一歩だ。

「ただ、その一方で、うまくいっておらぬことも多い。そうだな、修理よ」

「ははっ」

「越前討伐、手間取っているようであるな。朝倉は風前の灯火のはず。いつまで手間をかけておるか」

「申しわけありませぬ。春までには必ず」

「手ぬるい」

　信長の声が鋭さを増す。

「今年中に一乗谷を落としてみせよ。それだけの兵は与えている。できぬとは言わせぬ」

「必ず」

　勝家は頭を深く下げる。

　信長は家臣を骨の髄まで使い回す。手抜きをしようものなら、一瞬で処罰の対象となる。

　容赦はいっさいない。

　苛烈な言葉に長秀の身は引き締まる。

　これでこそ、信長である。厳しいからこそ、仕え甲斐がある。尾張にいた頃から、それはまったく変わらない。

「伊予、但馬（たじま）はどうか」

　問われて、滝川一益がよく透る声で応じた。

「半ばまで押さえております。生野はすでに掌中にあり、堺の者の助力を得て、銀の掘り出しもつづけております。

　八木（やぎ）、太田垣（おおたがき）が味方についたおかげで、手間取ることなく山名（やまな）家を追い込むことができました。あとひと押しで、但馬は手に入るものかと」

「丹波は落ち着いておるか」

「黒井城で一揆が起きましたが、すでに鎮めております。波多野家の残党で、首謀者は討ち取りました」

「急げよ。おぬしには、雪が降る前に因幡に入ってもらわねばならぬ。いつまでも毛利の好きにはさせせぬ」

「ははっ」

武田打倒後、信長は手勢を分け、山陽、山陰、北陸、摂津に大将を置いて、各方面の攻略にあてている。

一益はその一軍を率いて、丹波、ついで但馬を激しく攻めていた。

丹波波多野家が武田との騒動で色気を出し、京に上ったおかげで勢力の均衡が大きく変わり、丹波、但馬、丹後の情勢は大きく混乱した。小物同士が潰しあったうえに、播磨の別所家、浦上家が介入して、敵味方が入り乱れる展開となった。

昨日の味方が明日は敵ということも多く、抜きんでた勢力は現れなかった。

そこに一益が乱入し、またたく間に丹波、但馬の要衝を制圧した。

波多野家は京の争いで疲弊したところを突かれて、たちどころに崩れた。

当主の右衛門大夫秀治は丹波の地勢に詳しかったが、国衆との連携がうまくいかず、守りを固める前に八上城まで押し込まれてしまった。家臣の内応で籠城もつづかず、最後は山岡景隆の手勢に討ち取られて、命を落とした。

赤井直正の手勢も一益の速攻に屈し、当主の直正は毛利勢を頼って、但馬に落ちのびた。

但馬では山名右衛門督祐豊が勢力を伸ばしていたが、配下の太田垣輝延、八木豊信が叛旗を翻したこともあって、渾沌とした情勢がつづいていた。

一益はうまく太田垣、八木を味方につけ、生野城を攻略すると、祐豊を北の豊岡城まで追い込んだ。祐豊は鶴城の田結庄是義の支援を受けつつ、毛利との共闘を押しすすめ、反撃の機会をうかがっているところだった。

「西の毛利は強敵。これを打ち破るためには、山陽、山陰の両道から攻めていかねばならぬ」

主君の声はあいかわらず高いままだった。普段と変わらぬ調子に、長秀はかえって思いの深さを感じとることができる。

織田は新たなる段階に入っていた。

全国一統という、途方もない願いを叶えるための戦いがはじまっていたのである。

振り返ってみると、戦国の世を大きく変えたのは、やはり武田信玄の上洛だった。

武田勢三万は、遠江で徳川・織田の連合軍を打ち破るとそのまま西上、ついには三河・尾張の国境に迫った。

信長があえて武田との戦いを選ばず、その軍門に降ったこともあり、武田勢は尾張、美濃を素通りし、ついには元亀四年（一五七三年）七月、京に入った。

これで、天下は武田が制したと思われた。

事実、三好、細川、波多野、松永、荒木といった畿内の勢力はすべて武田に臣従し、毛利、大友、龍造寺といった西国の雄からも祝賀の言葉が贈られた。

近江、美濃は武田の領土となり、信長は尾張の片隅に逼塞した。畿内の争いは収まり、いよいよ戦国の世が終わるのではという期待が高まった。

しかし、上洛から三年後の天正四年、信長が叛旗を翻すと、情勢は再び動いた。

蜂起した織田勢は、尾張で穴山信君の手勢を撃破すると、美濃安八郡で馬場信春を討ち取り、尾張・美濃の大半を奪還した。

信玄の嫡男、武田左近衛少将信頼は京から近江に入り、織田勢と戦ったが逆に敗れた。観音山城や野洲の戦いで敗れたところで京が炎上し、逃げ場を失ったのが大きかった。

混乱に乗じて、波多野、三好、細川といった勢力が勝手次第をして、畿内を荒らし回ったのも誤算だった。

西の武田勢は壊滅し、本国に戻った兵はわずか三分の一に過ぎなかった。

それでも信玄が自ら差配して手勢を動かせば、織田は壊滅し、天下は落ち着くと見られていた。それほどまでに信玄は神格化されており、実際、駿河から三河、尾張に乱入した時には、勝負は決したかと思われた。

しかし、信長はきわどいところで武田勢の進撃を食い止めた。正しくは信玄の意図に家臣がついていけず、動きが鈍ったというところであろうか。織田勢は反撃に転じ、尾張笠寺で信玄と雌雄を決した。

武田勢は強力で多くの犠牲者が出たが、徳川家康が信玄に手傷を負わせたところで大勢は決した。武田は敗北し、主力は甲斐に去った。

信玄の死が発表されたのは、天正五年一〇月のことであり、ここに一つの時代が終わりを迎えた。ただ信玄が死んでも、彼の上洛をきっかけに全国の情勢は大きく動いており、それまでとは様相がまったく異なっていた。

畿内の諸勢力は、武田に臣従するか、あるいは叩きのめされており、信長が姿を見せると、ほとんどが味方についた。

一方、本願寺は変わらず信長に対抗する姿勢を見せていたが、内部分裂が深刻化しており、以前のように攻勢に転じることはできなかった。

分裂の原因は、信玄の要請に応じて伊勢長島から門徒を退去させたことにある。本願寺宗主の顕如が強引に事を進めて、それに息子の教如が反発したのである。

多くの門徒が教如に従い、一方で信長が教如のふるまいを支持したこともあり、さらに対立は激しさを増した。今では教如派の門徒が石山本願寺を攻めたてており、織田と対抗する余力はなかった。

大和や河内の国衆は武田に毒気を抜かれており、三好家と組んで織田と戦い抜くだけの力は有していなかった。

そもそも肝心の三好家が凋落気味で、すでに淡路の半分を失い、土佐の雄、長宗我部元親との戦いでも苦戦を強いられていた。

笠寺の戦いの後、信長は信玄から地ならしはすんだと言われたらしい。

当人としては、ならしたうえで自分が政をおこなうつもりだったのであろうが、結局は信長がそれを引き継ぐ形になった。

畿内が落ち着くと、織田家は新たなる発展の段階に入った。

近江、山城、河内、和泉は信長が自ら支配する一方で、北陸方面には柴田勝家、山陰方面には滝川一益、そして山陽方面には明智日向守光秀をあてて、勢力の拡大を図った。

本願寺には長秀があたり、それを佐久間盛政、池田元助、荒木村重、高山長房らが支える。

尾張・美濃方面は、武田家との和議が成立したこともあり、最低限の兵力しか置いていない。美濃と信濃の国境には、森武蔵守長可がとどまっていたが、信長の都合で越前に出たり、三河方面に進出したりしており、岩村城にとどまる時間は短かった。

今後は城代ですませ、長可はほかの戦線に回すことも考えているようだ。

尾張は、かろうじて駿府から脱出した織田信忠にまかされている。信忠は近いうちに信長から家督を譲られるという話も出ており、名実ともに織田家の跡取りとして、尾張、美濃の政を押しすすめることになろう。

その一方で、次男の信雄、三男の信孝が武田領から脱出できずに命を落としたため、伊勢支配は再編を余儀なくされた。

北畠家には五男の織田源三郎信房が入り、神戸家には弟の織田成利が入って、現在、知行地の検地を進めていた。

信玄の上洛とその退場は織田のみならず、各地の武将を刺激した。

とりわけ西国で、それは顕著だ。

「毛利少輔太郎輝元とその一党は山陰、山陽の両道に兵を繰りだしておる」

信長の言葉に応じたのは長秀だった。

「さようで、とりわけ播磨に好んで兵を繰りだしている様子。手強いですな」

「手間取っているのは申し訳なく思っております」

光秀が静かに語りはじめた。

「播磨では国衆の多くが毛利について、我らを攻めたてております。味方は、姫路の小寺ぐらいで、数では劣る情勢。地の利に長けておりますので先手を取られることも多く、なかなかうまくいきませぬ」

「言い訳か」

鋭い声に評定所の空気が緊張する。

信長はなによりも弁解を嫌う。それは家臣であれば、誰でも承知している。

「播磨の国情をそのままに語っただけでございま

す。し損じたことについて、とやかく言うつもりはございませぬ」

光秀はあくまで冷静だった。

これが、かつて播磨担当だった男ならば、おもしろおかしく話をしたであろうが、いまやその姿は織田家中にない。

「すでに西播磨の浦上、宇野、赤松の家中には、我が手の者を送り込んでおります。本領安堵を約束してくれれば、味方につくことを約束している者もおり、一撃して毛利勢を叩けば、流れも変わりましょう」

「毛利勢は、あの小早川又四郎を前面に立て、備中や備前の国衆も動かして、我らとの戦いに臨んでいる様子。簡単にはいかぬのもやむをえぬかと」

長秀はあえて割って入った。

毛利勢は山陽道に主力を集めており、その大将は毛利元就の三男である小早川又四郎隆景が務めている。

隆景は知将として知られ、その配下には毛利元秋、粟屋元信、乃美宗勝、村上武吉、さらに備中の浦上宗景、宇喜多直家、播磨の宇野政頼らが連なる。

強力な水軍を擁し、瀬戸内海を抜けて自由自在に合戦を仕掛ける一方で、鍛えられた陸の手勢で姫路や英賀の城を攻撃した。

今年の夏には毛利勢一万が姫路城に押し寄せ、小寺官兵衛考高の機略と光秀の援軍がなければ、播磨は陥落寸前まで追い込んだ。小寺家の家老、小寺官兵衛考高の機略と光秀の援軍がなければ、播磨は小早川隆景の手に落ちていたかもしれない。

毛利勢が東への圧力を強めているのは、信玄敗北に伴う畿内の混乱を見てのことであり、家訓であった芸備の本拠を守るという姿勢を変えて、積極策に出ているように見受けられる。

「もともと播磨は羽柴藤吉郎が手をかけていた地。

地勢や人の機微がわからぬところもございましょう。日向殿が時を要するのも仕方ないかと」

羽柴藤吉郎秀吉は笠寺の合戦で行方知れずとなり、今日に至るまで消息ははっきりしない。

弟の小一郎秀長や杉原弥七、寺沢広政といった郎党の多くが無惨な最期を迎えているので、人知れず命を落としたこともありえるが、詳しいことはわからずじまいである。

はっきりしているのは、織田が有能な将を失ったことであり、その埋め合わせのため、苦しいやりくりをおこなわざるをえなかった。

光秀の播磨進出もその一環だ。

蜂須賀小六正勝や小寺官兵衛考高といった有能な将を与力につけてもらったが、慣れぬ地でいまだに苦戦を強いられていた。

それでも文句を言わぬのが、光秀の生真面目なところだ。

時折、信長に呼び出され、京や岐阜に赴く事態になっても素直に従い、自らの役目を全力で果たしている。

「五郎左の言はわかった。筋は通る」

信長が長秀を見やった。強烈な視線を感じる。

「だが、いつまでも播磨に手こずってはおられぬ。我らは先に進まねばならぬ」

評定所の空気が引き締まった。全員がこの先の話が大事であることを感じとっている。

「武田を追い払い、畿内を取り戻した今だからこそ、我らは一歩、踏み出せばならぬ。東国、西国の敵を叩きのめし、全国一統をなし遂げる。これこそが織田の目指すべき場所よ」

おおっという声があがる。

信長が新たなる野心を持っていることはうすうす察していたが、それを口にしたのは今回がはじめてだ。

「当面は西攻東守で行く。東の武田は放っておいてもよい。北条の相手で精一杯で、我らに手を出すゆとりはあるまい。

一方の西国は毛利、三好、河野が手を組み、東へ兵を繰りだしている。九州の龍造寺や秋月もそれに手を貸していると聞く。それが大きな波となって畿内に迫る前に叩き、中国、九州を手にする。まず、日の本の西半分を織田が押さえる。東国はその後よ」

長秀は血がたぎるのを感じた。

毛利を叩いて支配下の一〇州を手にし、その勢いで四国、九州も取る。

今の織田なら十分に可能であるように思えた。九州の大友家、四国の長宗我部が味方についているのも大きい。

すでに三好の勢力は衰えており、長宗我部勢が阿波に食い込みつつある。ここで毛利という柱をへし折れば、西国の国衆はこぞって織田に味方するだろう。

情勢を見るに、播磨をめぐる戦いが切所だ。

ここで勝利すれば、織田は毛利の領土に深く食い込み、その内部を切り崩すことができる。

逆に敗れれば西国勢に押し込まれて、畿内から叩き出されるかもしれない。

毛利勢が主力をぶつけているのも、勝負どころと見てのことだろう。ここは負けられない。

「これより我らは、全力で毛利勢を叩く。さよう心得よ」

「ははっ」

信長の言葉に長秀は頭を下げた。

いよいよ全国一統をめぐる戦いがはじまる。生まれ変わった織田家が、どこまで行けるのか。

長秀はこみあげる熱気を懸命に抑えた。

放置すればどうなるか、自分にもよくわからない。それほどまでに彼は興奮していた。

二

九月七日　広島城

板間に大股で入ってくる姿を見た時、小早川又四郎隆景は思わず笑みを浮かべていた。

もう五〇歳だというのに、荒っぽいふるまいは変わらない。大股で一直線に歩く。父の元就からさんざん注意されたのに、身内の集まる場所では改めようとしなかった。

気性の激しさは兄の短所であり、そして同じぐらいの長所であった。直截な言動があってこそ、家臣もついてこよう。

「おう、又四郎、久しいな」

吉川少輔次郎元春は荒々しく腰を下ろした。朱の素襖が実によく似合っている。

「こちらこそ。息災でなによりで」

「あいかわらず堅苦しいな。もう少し開けっぴろげにやってもよいのだぞ」

「これが性分でございますから。年も年でございますし」

「何を言っておるのか。まだ若い者には負けぬ。父上が陶晴賢を破ったのは、五〇をとうに過ぎてから。おとなしくしているつもりはないぞ」

父の毛利元就は厳島合戦の勝利で家運を開き、安芸のみならず、周防、長門、石見制覇の足がかりをつかんだ。

隆景は、往事の父がどのようにふるまっていたか、よくおぼえている。目をぎらぎらと輝かせながら語る姿は、とうてい老人のものではなかった。

兄の隆元が早世したとはいえ、父は最期まで剃髪することなく、毛利家の采配を振るいつづけた。

あの姿を見ていれば、確かに老け込んではいられない。

「織田が来るというのならば、なおさらだ。負けてはいられぬ」

「まだ決まったわけではございませぬ」

「ふぬけたことを。播磨の戦いぶりを見ればわかろう。奴らが和議を結ぶことなどありえぬわ」

不利な情勢にありながらも織田は播磨にとどまり、浦上や別所、宇野らを相手に戦っている。

手勢を次々に送り込んでいるところから見て、後退することはありえない。

「そう思ったからこそ、おぬしも我らを呼んだのであろう。輝元に話をする前に、ある程度やり方を固めておかぬとな」

「さようで」

さすがに勘がいい。先を察することができなければ、毛利の大将は務まらない。

吉川元春は隆景の兄であり、元就の意を受けて安芸吉川家の養子となった。厳島合戦や月山富田(がっさんとだ)城(じょう)をめぐる戦いに参加し、大きな武功をあげた。

隆元が早世してからは、その子である毛利輝元に仕え、隆景と並び毛利両川(りょうせん)と称されるようになっている。

武勇に優れ、率先して陣頭に立ち、手勢を指揮して戦う。時には行きすぎることもあったが慕う将は多く、毛利の一翼を支える重要な人物だった。

「好きなように進めるがよい。存念があるようだしな。ただ……」

元春の視線が隆景の背後に向いた。

「そこの者も喋るのか」

先刻から、その場には利休鼠の小袖を身にまとった男が座っていた。息をひそめ、まるで存在しないかのごとくふるまっている。

隆景が後ろを見ると、男はうつむいていた。

灰色の覆面が顔を覆っているので、表情はまったくわからない。ただ、上目づかいの瞳が剣呑な輝きを放っていた。

「時が来れば。なければ、それに越したことはございませぬが」

「儂は好まぬ。立ち合うことですら、よいこととは思えぬ」

「気持ちはわかりますが、ここは耐えてくだされ。織田と戦うには、この者の識見が入り用かと」

「素性のわからぬ者に頼るのは気に入らんな。まあ、万が一のことがあれば、斬り捨てればよいか」

元春の嘲るような口調にも、男はまるで反応しなかった。うつむき、動かない。

それも気に入らないらしく、元春は顔をしかめて視線をそらした。

しばし板間に沈黙がおりる。

再び元春が口を開くまでは、わずかながら時間を要した。

「来たようだな」

元春が視線を転じると板戸が開いて、素襖を身にまとった将がつづけて姿を見せた。

先頭を切るのは口羽刑部大輔通良だ。

元就の代から毛利家に仕えており、長きにわたって家政をまとめていた。山陽道で隆景の補佐も務めており、その言葉には何度となく救われた。

ついで、穂田少輔四郎元清、福原上総介定俊、乃美助四郎宗勝が現れた。

最後に熊谷二郎三郎元直が入ってきたところで、板戸が閉ざされた。

評定の場を冷たい空気が満たし、晩秋の気配が広がる。

時は酉の刻である。日が暮れれば、さらに冷え込みは厳しさを増す。底冷えを感じる前に、どこまで話を詰めることができるか。

「さて、今日はわざわざ集まっていただき、恐悦至極に存じます」

隆景が話を切り出した。このような場では、自然と彼がまとめ役を務める。

「軍議は明日、殿の前で執り行うことになりますが、その前に今後、戦をどのように進めていくか、話しあっておきたいと思います。さよう、心得てくだされ」

全員が静かに頭を下げる。

さすがに毛利の重臣だけあって、自らが置かれた状況をよくつかんでいた。

「まずは播磨の陣立てでございますが、ここは刑部、頼む」

「負けてはおりませぬが、勝つのもなかなかにむずかしいかと。決め手に欠けますな」

通良は絵図を懐から取りだすと板間に広げた。

播磨の全域が記されており、めぼしい城には朱で丸が描かれていた。

「まずお味方ですが、国境の上月城に浦上勢が入り、備前からの道筋を押さえております、そこから出雲街道に沿う形で利神城、長水城に兵を入れ、織田が攻めあがってきた時に備えております。先鋒は置塩城の宇野勢ですな。こちらは姫路の織田、小寺勢と正面から向かい合う格好になります」

通良は棒で絵図を指し示しながら、説明をつづけた。このあたりの手際はさすがだ。長きにわたり戦の場に加わっていただけのことはある。

皺の混じった顔が頼もしく見えてしまう。

「して、やや離れた播州三木城には、別所侍従が控えております。道筋を押さえられているので、勝手気ままに動くことはできませんが、横合いから織田を攻めることはできましょう」

「東播磨で敵勢を引きつけてくれるのはありがた

いな」

「さようで。今のところ、織田勢は姫路に三万、明石に五〇〇〇といったところでしょうか。伊丹の荒木村重が動けば、さらに数は増えましょう」

隆景の言葉に間髪をいれずに応じるあたり、通良は機微がよくわかっている。

「大まかに言えば、西播磨は味方が押さえており、中ほどから東にかけては、織田が強いといったところでしょうか。別所勢はおりますが、孤立しておりますゆえ、あてにはしづらいですな」

通良の認識は隆景とも一致した。

織田勢は姫路、英賀をしっかり固めており、打ち破るにはかなりの手間を要する。

「厄介は厄介であるが……」

元春が絵図をにらんだ。

「三万であれば山陽道の兵を投入すれば、どうにかできるのではないか。我らが二万。浦上、宇喜多で一万ずつ、さらに播磨の国衆で一万をそろえることができれば、姫路の城を落とすこともできよう」

「足並みをそろえるのは、むずかしいかと」

通良が元春を見る。

「播磨の国衆は所領を守ればよいわけで、無理して織田を追い払う気はありませぬ。むしろ利を得るため、織田と手を結んでもいいと思う者もおります。浦上と宇喜多のように因縁浅からぬ者もいますので、轡を並べて戦うのは無理かと」

「一筋縄ではいかぬか」

「烏合の衆では勝てませぬ。そのあたりは少輔次郎様も、よくご存知のはず」

「であるな」

播磨の国情は、ややこしい。

もともとは守護大名の赤松氏が統治していたが、戦国の世に入ると、内紛と但馬山名家の戦いで没落し、宇野、小寺、別所の台頭を許すことになった。

出雲の尼子が勢力を伸ばしたこともあったし、備前の浦上家がさかんに進出して、姫路の小寺や赤松の残党と戦ったこともあった。

交通の要衝ということもあって混乱は長引き、播磨の国情は安定しなかった。

その状況が変わったのは永禄一一年（一五六八年）、織田信長が足利義昭を奉じて上洛してからだ。

信長は畿内をまとめあげると、すぐさま播磨に羽柴秀吉を送り、国衆に味方になるように声をかけた。

その時は足利義昭を推戴していたこともあり、姫路の小寺のみならず、現在は敵対している別所や宇野、浦上も臣従を誓い、一時的に播磨の統一がなされた。

しかし、それは信玄の上洛で水泡に帰した。

三年にわたる武田の支配で播磨は再び乱れ、国衆が相打つ情勢になった。

武田と毛利が敵対し、宇喜多が毛利に味方したことも混乱に拍車をかけた。

毛利は播磨を攻略するため、積極策に転じたが、小寺と赤松の残党をうまく片づけることができぬうちに、織田の再進出を許すことになった。

混乱が長くつづいたこともあり、播磨の国衆は自存自衛の機運が強い。味方になったように見えても、情勢が悪くなれば、あっさり敵方の調略に乗って矛先を変えてくる。

尼子が播磨に進出した時には多くの国衆が味方についたが、当主の尼子晴久が急死し、勢力が衰えると、たちまち掌を返して追い払った。

「言わんとすることはわかるが、放っておくわけにもいくまい。戦が長引けば、播磨の国衆も心が揺らごう。織田に味方しようと考える者が出てくる前に姫路を叩き、織田勢を播磨から叩き出すべきよ」

「その発言やよし。手前も同意いたします」

熊谷元直が強い調子で応じる。その目は力強く輝いている。

元直は安芸熊谷家の嫡男で、元服すると父と共に従軍し、出雲や因幡で戦った。

毛利が武田と対立すると播磨に尖兵として入り、武田左馬助信豊(さまのすけのぶとよ)の手勢と対峙した。姫路城の北で武田勢と戦ったこともある。

その後は上月城に入って織田勢と対峙していたが、情勢を聞きたいということで隆景が呼び戻したのである。

まだ若いこともあり、血気にはやることが多く、無理な戦いを仕掛けて老臣にたしなめられていた。去年の五月も置塩城をめぐる戦いで、織田勢に飛び込んで怪我をしていた。

強気な発言に通良が顔をしかめた。

「馬鹿を申すな。好きに突っ込んで勝てるのであれば、苦労はせぬわ」

「されど、手をこまねいていては何も変わりませぬ。我らは播磨で優勢に立っておるのです。これを生かさずして、どうするのですか」

「だから、国衆の足並みがそろわぬと申していよう」

「ならば、我らが先陣を切ればよいだけのこと。先陣の一万五〇〇〇は、すでに備中猿掛城(さるかけじょう)に入っており、いつでも播磨に押し出すことができます。我らが織田勢を打ち破り、畿内へ討ち入ればおのずと国衆も動きましょう」

元直はあくまで強気だった。

「むしろ何もせず、手をこまねいているから、侮られるのでございます。手前は上月城で播磨の連中と共に暮らしていたので、そのあたりはよくわかっております」

「黙れ、小僧。きいた風なことをぬかすな」

通良に叱りつけられて、元直は口を閉ざした。

しかしその頬は赤く、息も荒い。

放ってはおけず、隆景は割って入った。

「二郎、言いたいことはわかるが、毛利は播磨だけで戦っているわけではない。因幡、筑前、最近では豊前でも動いておる。播磨で無理して痛手をこうむれば、敵方につけいる隙を与える。それは許されぬ」

本国を危機にさらすわけにはいかない。それは毛利家の中核をなす方針だ。

毛利家は、そもそも安芸の国衆であったが、元就の代に成り上がり、中国地方に覇を唱える一大勢力となった。

大内義隆の配下として力をつけ、義隆が陶晴賢に討たれると、それに乗じて力をつけ、ついには厳島合戦で晴賢を討ち、安芸で覇権を唱えた。

その後、周防、長門で大内氏の残党を薙ぎはらうと、石見、出雲に積極的に進出し、尼子勢と衝突した。苦しい戦いがつづいたが、尼子晴久の死とそれに伴う混乱に乗じて月山富田城を攻略、ついに出雲から因幡までを支配下に収めた。

元就は吉川、小早川家をうまく身内に取り込み、熊谷や福原といった有力な一族を味方につけ、勢力拡大を図った。

そこにはきれいごとではすまされぬ争いがあり、元就は何度となく陰謀を張りめぐらし、暗殺や追放劇にも手を染めた。

そのせいか、元就は毛利の勢力が安定すると、家中が乱れぬように気を使い、無理な発展を戒めるようになった。

隆景にも、くれぐれも野心は持ってはならぬと語り、甥の輝元を支えて、家の存続を最優先にするようにと意思表示したのである。

隆景はその教えをよく守り、無茶な勢力拡大は避けていた。九州や四国方面は最小限の進出にとどめていたし、因幡方面も山名家との対立は避け、国境に兵を置くことすら避けていた。

しかし、急速に変わる情勢がその方針を揺さぶっている。

武田の上洛と敗退により、明らかに時の流れは加速した。畿内のみならず、中国、四国、九州でも名の知れた武将が活発に動き、大きな合戦が何度となく起きていた。

合従連衡も活発で、これまでは考えられなかった相手が手を結ぶこともある。

ただ守っているだけでは毛利家を保つことはできず、積極的に動いて、ようやく現状を保つことができる時代が来ていた。

「織田が手を結んでいるのは、どこであったか」

隆景の問いに福原定俊が応じた。

「四国の長宗我部、九州の大友、秋月が目立ちますな。播磨ですと小寺、赤松、但馬ですと八木、太田垣あたりかと」

「三村（みむら）はどうだ？　手を結んでいるのか」

「そのあたりはなんとも。今のところ動きは確かめられませぬが、使いを送っていたとしてもおかしくはありませぬな」

三村家は備中松山城に拠点を置いて、事実上、備中を支配していたが、毛利と宇喜多から挟撃され、滅亡寸前まで追い込まれた。

今は和議を結び、共に織田と戦うことを約束しているが恨みの深さから見て、いつ寝返ってもおかしくない。

三村が敵に回ると背後を取られて、毛利勢は苦しくなる。だからこそ、あえて備前には進出せず、備中の猿掛城に主力をとどめている。

「探りは入れております。もう少し時をください」

「美作の国衆はどうだ？　動きはあるか」

「今のところ問題はない。後藤も江見も味方についておる」

答えたのは元春であった。

隆景が備前、播磨に集中したため、美作の調略は元春にまかせていた。合戦となれば元春が美作勢を率いて、播磨に乱入することになる。

「一万なら、すぐに動かせる。先ほど申しあげたように毛利本国が兵を出してくれれば、あわせて三万。それだけあれば、織田勢が相手でも十分に戦になる」

「それでも勝つのはむずかしいかと」

元春の発言を抑えたのは通良だった。

「織田は畿内を支配しております。豊かで人も多く、この広島とは比べものになりませぬ。すさまじい量の銭が流れていくのを、手前もこの目で見ております。

あの豊かな地があれば、織田はもっと多くの兵を動員できましょう」

「どの程度か」

「五万は、たやすいかと。下手をすれば一〇万か、それ以上になりましょう」

元春はうなり、元直は顔をしかめた。

「我らが強気で播磨を攻めたところで、織田はびくともしませぬ。一度は打ち破っても、いずれはやり返されて、這々の体で安芸に逃げ帰ることになりましょう。それはなんとしても、避けたいところ」

「味方がいても駄目か」

隆景が尋ねた。

「我らは村上水軍を味方につけ、宇喜多、浦上、宇野と共に動いておる。遠く九州の龍造寺、松浦も我らと共にある。それでも苦しいか」

「織田の味方である長宗我部、大友も手強き相手。

彼らが本気で動けば、逆に我らが取り囲まれて袋だたきにされましょう」

毛利が味方と手を取り合って織田を押し込もうとしているように、織田もまた他国の大名と手を組み、毛利を攻めたてようとしている。

包囲網は大きく、毛利が東西から攻め込まれることもありうる。

西国は真っ二つに分かれて戦っており、どちらが勝利するのかは判断しがたい。

はっきりしているのは一度、大きな敗北をすれば劣勢に立たされることだけだ。

「では、どうすればよいのか。このまま座して、御家が滅びるのを待つだけか」

元春の言葉が板間に響く。応じる者はなく、しばし沈黙が広がる。

それを破ったのは低く暗い声であった。

「手はございます」

隆景が振り向くと、覆面の小男が顔をあげていた。異様に輝く目が、ひどく目を惹く。

「おぬし、佐吉(さきち)とか申したな」

通良の問いかけに、覆面の男は軽く頭だけ下げて応じた。

「無礼な。おぬしのような下賤の者が口を開くとはおこがましい」

嘲りに似た声が叩きつけられても、佐吉の様子はまったく変わらなかった。上目づかいで、彼らを見るだけだ。

隆景は嫌悪感を抑えて口を開いた。

「申してみよ」

「又四郎様」

「言わせるだけなら、どうということはない。つまらぬことを言えば、儂がこの場で斬って捨てる」

隆景がすごむと通良は頭を下げた。覚悟のほどを悟ったのであろう。

「早く言え」

「織田が強大であるのは確か。このままではいずれ毛利は敗れ、両備はもちろん、故国の安芸まで奪われることになりましょう」

「…………」

「されど、織田を支えているのは右府、ただ一人。すべてはあの者が、自らの目で見て、人から話を聞いて、そのうえで断を下します。

　ほかの者が右府のやりように口出しすることはできませぬ。すべてを知っているのはあの者だけで、織田の今を作っているのもあの者だけ」

「まわりくどいな。何が言いたい」

「右府を取り除けば、すべてが終わると申したいのです。強大な織田と正面から渡りあう必要はございませぬ。右府一人を殺す。それに絞っていけば、毛利でもなんとかなりましょう」

「謀(はかりごと)か。汚いな」

　元春の舌鋒を佐吉は軽くいなした。

「ならば、正面から戦ってみるがよろしいかと。勝てるやもしれませぬが、毛利も少なからぬ痛手をこうむりましょう。その隙に九州、四国から攻めてこられましたら、どうにもなりませぬ」

「下賤な者がよくも……」

「兄上、ここは」

　隆景は手で元春を遮(さえぎ)った。

「織田ではなく、信長を討つか。なるほど、筋は通っているように見えるな」

「武田がよい例でございましょう。信玄が討たれた途端、畿内はおろか、美濃、尾張から叩き出されて、今は北条を相手に戦うのが精一杯。そのうち家が内から割れて、無惨な最期を迎えましょう」

「織田には嫡男がいる。出来はよいと聞いているが」

「出羽介(でわのすけ)信忠はそこそこの人物ではございますが、

右府の跡は嗣げませぬ。一国ならば、うまくやるかもしれませぬが、所詮そこまでかと」

「織田の版図は束ねきれぬと」

「さよう。これもまた、武田がよい先例かと」

信玄亡き後、武田信頼が跡を嗣いだが、うまく家中をまとめているとは言えない。駿河を失った事実がすべてを現している。

隆景は腕を組んだ。

「なるほど、おぬしの言うとおりかもしれぬな」

「又四郎」

「いえ、兄上。手前もすべてを信じているわけではございませぬ。ただ信長を討てば、織田が崩れることは確かかと。少なくとも、五万の兵を討つよりはたやすい」

「だが、謀とは」

「なにも闇討ちをかけるとは申しませぬ。策では めて右府めを討つことができれば、それでよいかと」

隆景は佐吉を見た。

「おぬしには存念があるようだな」

佐吉は静かに頭を下げた。暗い情念が身体を強くつつみこむ。

佐吉が隆景のもとに転がり込んできたのは、おとしのことだ。言葉巧みに播磨の情勢を語り、ぜひとも使ってほしいと頭を下げた。

素性に関しては何も語らなかった。ただ織田と武田を倒すためであれば、いくらでも手を貸すと述べただけだ。

その風体、さらに畿内や播磨に関する知識から鑑みて、正体についてはおおよそ見当がつく。

その人物が行方知れずであることは隆景も知っていた。

しかし、なにゆえ織田に敵対するのか。

帰参すれば信長は許すであろうに、わざわざ毛利に駆け込んだ理由は、どこにあるのか。

引っかかることは多い。

それでも佐吉の織田に対する策は強烈で、これまでも播磨勢の切り崩しに貢献してきた。彼がいなければ、宇野も浦上も織田についていたかもしれない。

元春に言われずとも、うさんくさい相手であることは承知している。だがここは、佐吉の情念に乗ってみるべきであろう。

「申してみよ。駄目ならば、ここから叩き出して斬り捨てる」

「では」

佐吉は話しはじめた。

それはきわめて長くなったが、濃い内容で、集まった毛利の重臣はいつしか夢中になって、彼の話を聞いていた。

三

九月八日　土佐岡豊城

長宗我部土佐守（とさのかみ）元親が奥の書院に戻ってきた時、客はすでに姿を見せていた。

彼が襖（ふすま）を開けると頭を下げて待っていたので、元親は座る前に声をかけた。

「悪かったな、右兵衛（うへえ）。来ていると知っておれば、早々に話を切りあげてきたものを」

「かまいませぬ。弥三郎（やさぶろう）の件ならば、大事かと。それで、どこへ行きたがっているので」

「白地城（はくちじょう）だ。あそこは三好と境目を接する大事な城よ。うかつに送り込むわけにはいかん」

「討ち取られては困ると」

「味方の足を引っぱると言いたいのだ。あやつはまだ一五歳よ。まっとうな戦働きはできん」

元親が上座に腰を下ろすと、灰色の素襖を着た武将が顔をあげた。

がっちりした体型をしており、胸板は厚く腕も太い。身体の大きさと素襖があっておらず、どこかちぐはぐな印象がある。

顔は大きく、丸い目がよく似合う。陽に焼けた顔は荒々しく結った髷と重なって、豪放磊落な印象を作りあげている。

戸波右兵衛親武は元親の従兄弟で、土佐の統一をめぐる戦いでは、常に元親のそばにあって戦い、戦功をあげた。

長宗我部勢が高岡郡の戸波城を攻め落とすと、すぐに城をまかされ、戸波を名乗った。

阿波攻略戦では岩倉城攻めで篠原長秀を討ち取り、城の攻略に大きく貢献した。

弟の香宗我部親泰が知略を担当するのであれば、親武は武で彼を支える。元親の信頼も厚い。

「やらせてみるのもよいのでは。白地には福留隼人もおります。無茶は抑えてくれましょう」

「我が子であることで増長されては困る。和を乱せば、たちどころに城が落ちよう」

弥三郎信親は元親の嫡男で、先だって元服したばかりの若武者である。

前から血気にはやることが多かったが、ここのところ、後先を考えずに出陣を申し出ており、元親は手を焼いていた。

一人で阿波を攻めると言い出した時には正直、頭をかかえた。無茶が過ぎよう。

「殿は弥三郎にお厳しいようで」

親武は笑った。

「殿も、初陣こそ遅うございましたが、自ら槍を振るって敵陣に飛び込んだではありませんか。叱りつけられると、自ら戦いを挑まねば功をあげることはできぬと申したとか。潮江城の戦いでも先陣を切ったと聞いておりますが」

「昔のことだ。とやかく言うな」

「言いますよ。苦労できるのも今のうち。戦がどのようなものか肌で感じることは大事かと」

「まったく。おぬしといい、内記といい、弥三郎に甘くて困る」

内記とは、香宗我部内記親泰である。彼もまた経験を積ませるため、信親を最前線に出すように進言していた。

別に自分が息子に厳しいとは思っていない。信親は嫡男であり、常に手元に置いて可愛がってきた。信長に頼み込んで偏諱をもらったのも、甘いと思ったほどだ。

もっと厳しくあるべきと思ったのだが、端から見れば違うようだ。

元親は息を吐いた。

「よかろう。あやつは白地城に置く。ただし、軍律を乱すようであれば早々に連れ戻す。それでよかろう。三好との戦いは佳境であるからな」

「殿のよろしいように」

親武は頭を下げた。口元に笑みがあるように思えるのは気のせいだろうか。

「さて、では今日の話でございますが」

「うむ。今後、我が家がどうあるべきか語っておきたい。思うところがあれば、気にせず語ってほしい」

「手前でよろしいのですか。そちらの話でしたら、内記が向いていると思われますが」

「もう、あやつとはさんざん話をしている。それこそ織田が叛旗を翻した時からな。これ以上、詰めても同じ答えしか出ぬ」

「肥後様は?」

「肥後は宿毛の国衆と話をしている。しばらくは動かせん」

久武肥後守親信は高岡郡佐川城の城主で、長きにわたって元親を支える側近だった。誠実な性格で知られており、彼の気配りがあったからこそ長宗我部家は乱れることなく、外の敵と戦うことができた。

宿毛に赴いたのも、河野家の調略に対抗するためで、彼にしかできない役目だった。

「ならば、ほかの者に話を聞くべきと思ってな」

「なるほど、そういうことでしたら、この力自慢でも役にたちましょうな」

親武は、そこで目を細めた。戦場にいるかのような殺気がまき散らされて、自然と元親も背筋を伸ばした。

「では、まずは殿の存念を」

「四国を取るのであれば、今をおいてないと考えておる。三好は衰え、ようやく切り口が見えた」

「同感ですな。手前も押すべきと見ます」

長宗我部家は土佐長岡郡の国衆にすぎなかったが、元親の代に飛躍し、周辺の本山家、安芸家らを倒して勢力を拡大した。

その後は土佐西部の一条家が立ちはだかったが、敵の内紛に乗じて当主を追放し、味方に取り込んだ。再起をはかって当主が攻め込んでくると、四万十川の戦いでこれを撃破し、ついに土佐統一をなし遂げた。

次の目標は河野家が支配する伊予と考えていたが、信長が蜂起し、畿内の情勢が大きく変わるのを見て、元親は阿波、讃岐へと矛先を変えた。

三好勢は混乱に乗じて畿内へと返り咲きを望んでおり、その分だけ阿波、讃岐が手薄になっていた。

元親は手勢を集め、三好勢を西から激しく攻めたてた。

「白地城の攻略には手間取りましたが、あれはやむをえなかったと考えます。あれだけの堅城では、たやすくは抜けますまい」

「三好勢もさすがに守りを固めていたからな」

白地城をめぐる戦いは、天正五年の九月からはじまった。

城に寄せる長宗我部勢に三好勢も鉄砲や弓矢で対抗し、容易に突破は許さなかった。水の手を断とうとすると、巧みに兵を出して追い払った。

結局、七ヶ月にわたって包囲し、三好勢の後詰めを三度、撃退したところで、ようやく攻め落とすことができた。

「最後の戦いも見事でした。さすがは大西出雲といったところでしょうか」

城主の大西出雲守覚養は最後に城門を開いて、自ら槍を持って戦い、長宗我部勢をさんざんに叩いてから討死した。

元親もその戦いぶりを見ていたが、本陣に突き進んでくる姿にはすさまじい迫力があった。

「だが白地城が落ちたおかげで、あとはやりやすくなった。阿波、讃岐に深く攻め入ることができたからな」

阿波では吉野川に沿う形で北上し、要衝である岩倉城を攻め落とした。その後に何度か反撃を受けたが城を保持しつづけ、逆に今年の五月には三好の本拠地である勝端城に兵を送り込んだ。

讃岐では藤目城に次いで仲村城も落とし、先鋒は丸亀城に迫っている。大将の吉田重康は援軍を望んでいたが、今のところ元親は積極的な攻勢を控えていた。

「讃岐の西は我らの支配下にあります。丸亀を落とすことができれば、大勢は決しましょう」

「そうだろうな」

三好は淡路を失い、讃岐の東と阿波に逼塞している。決着をつけるのならば今しかない。

「何が気になるので」

親武に問われて、元親は少し間を置いてから口を開いた。

「おぬしにもわかっていよう」

「織田でございますか」

「そういうことよ」

さすがに、よく見えている。親武は単なる武辺の者ではない。

「三好を打倒すれば、織田と国境を接することになる。さすれば、これまでのようにうまくはいくまい」

「織田が四国を目指してくると」

「すでに兆しは見えている」

七月になって、信長は三好の一族を味方に迎え入れて淡路の岩屋城に入れた。また阿波にも調略をかけ、一部の国衆と誼を通じたらしい。

確認したところ、その調略は元親への支援であり、四国は長宗我部にまかせる方針に変わりはないとの返事があった。

これまでのところ、信長が元親に指示を出したことはない
播磨攻めで協力を要請してきたが、そこに強制力はなく、さりげなく元親が断っても文句をつけてくることはなかった。

「されど、この先はわからぬ。毛利との戦いを優勢に進め、ついにはその軍門に降した時、その矛先がどこに向かうか。九州の龍造寺、島津と見るのが妥当であろうが、手近な讃岐、阿波に目がいくこともあろう」

「伊予の河野は、毛利寄りでございますからな。そちらをねらうこともありましょう」

「それは我らも同じよ。この先はむずかしいことになろう」

織田との同盟は正しかった。元親はそう確信し

ている。

武田、三好勢は強力であり、四国で勢力を伸ばすのであれば、以前からつき合いのあった織田に賭けるよりなかった。

事実、織田が三好を圧倒してくれたおかげで阿波、讃岐侵攻が可能となった。

元親としては、今後も織田との関係は維持したい。敵にするにはあまりにも強すぎる。

それを思い知ったのは、昨年、信長と顔をあわせた時だった。これまでの礼を述べるために元親は堺へ出向き、直に話をした。

巷では、第六天魔王だの、一向衆をなで切りにした妖怪だとか評されていたが、実際に顔をあわせてみると物腰はやわらかく、口調も穏やかだった。会食の場では元親を賓客としてもてなし、不愉快なことが起きないように気を配っていた。

茶席でのふるまいは筋が通っており、見ていて息を呑むほどの男ぶりであった。

堺での態度から見て、元親は信長を信頼に値すべき相手と見てとった。今後も轡（くつわ）を並べることができれば、それに越したことはない。

だが情勢の変化で、これまでの味方が敵に回るのも戦国の世だ。元親も何度となく、敵味方を変えて戦ってきた。

利害が反すれば、相手がどのような人物であれ争う。それは信長もわかっているだろう。

「織田には勝てぬ。国力の差がありすぎる」

元親は自らの思いを素直に語った。

「畿内を制し、堺の町も手の内に収めている。儂も見てきたが、商いの大きさでは畿内にとうていかなわぬ。堺の町では大船が何隻も行き来していた。あれは見事としか言いようがない」

「織田との戦いになれば、堺衆が敵に回ります。相当に苦しくなりましょうな」

「正面からぶつかれば、まず負ける。ならば味方を増やすよりないが、毛利、河野はすでに敵に回していて、今さら仲良くするわけにもいくまい。宇喜多、浦上あたりも同じだ」

「ならば、九州でございますか」

「そうなるな。九州で大友、龍造寺、島津あたりか。大友は織田と手を結んでいるが、毛利攻めの後はどうなるかわからぬ。織田の兵が九州に渡るとなれば、穏やかではいられまい。龍造寺、島津あたりになれば、なおさらよ」

「九州の兵がこぞって織田に敵対するようなことになれば、つけいる隙はございますな」

「そうだな」

応じながらも元親は疑念を抱いていた。

九州の勢力が束になってかかってきても、信長はなんとかしてしまうのではないかと。

織田とほかの勢力の間には力の差があり、それは月日を経てば経つほど広がっていくように思えた。

「織田と手を切るつもりはない」

元親は言い切った。

「阿波、讃岐が落ち着き次第、毛利攻めにも加わる。声がかかれば伊予攻めを先にしてもよい。できるかぎり足並みを合わせていく。

されど、もし織田がこの先、我らのやりように口を出してくるのであれば、座して見過ごすわけにはいかぬ。矛を交える覚悟がいるであろう」

「ははっ」

「なので、今のうちに手は打っておく」

「大友、龍造寺、島津へのつなぎですか」

「さよう。そのうちの一つは、おぬしにも赴いてもらう。そう心得ておけ」

親武は目を丸くしたが、何も言わずに頭を下げた。

「あとは毛利、河野よ。こちらは内記が手を打っている。向こうから動きがあれば応じていく。今のままというわけにはいかぬ」

あるいは先を読みすぎているのかもしれない。織田と毛利の戦いははじまったばかりで、勝敗の行方は杳としてわからない。

ここで織田が圧倒した時に備えて行動しても、意味はないかもしれない。

だが、何が起きるかわからないのが戦国の世だ。二手三手、先を読んで行動するのは間違っていない。

思わぬ人のつながりが家の未来を切り開くこともあり、どんな小さなことでもおろそかにはできなかった。

「これからは堺商人とのかかわりも強めていく。幸い織田とのからみで、浦戸に出店を用意した店もある。彼らと話をするのは悪くない」

武田が京を支配していた時、織田水軍は一時的に土佐に退避していた。その時、堺商人が何度となく浦戸の湊を訪れ、水軍の支援をおこなった。

浦戸は土佐の南に位置して外海に面しており、九州、さらにはその先の琉球、呂宋に赴くには都合がよい。これまでも嵐を避けたり、あるいは食糧を補給したりするため、堺の商船が入っていた。

元親は彼らとの関係を深め、自ら海外との商いを進めるつもりでいた。

うまくやれば莫大な利益があがるはずで、商いを広げるためには、長宗我部家で船を用意することもやぶさかではなかった。

大きく流れる時流に元親も乗らねばならない。

もはや四国の小さな一角にこだわっている場合ではなく、その先を見据えての行動が大事だ。

「忙しくなるぞ。覚悟しておけ」

「望むところです。下知があれば、どこへでも参ります。」

りますよ」

「よろしく頼むぞ」

親武は頭を下げた。

「それで殿、手前からも一つ、お話が」

「そう言えば、言いたいことがあると申していたな。なんじゃ？」

「先だって、戸波の城に流れ者が姿を見せました。海を渡って土佐に入ってきたようで。大言壮語をはくので試してみたところ、槍の腕はなかなかのもの。我が家に迎え入れてもおもしろいかと」

「ほう。おぬしがそのように言うとはな。どこの者だ？」

「詳しいことは明かしませせぬが、織田にかかわりのある者かと。何度も合戦がございましたから、そこから落ちのびてきたのでしょう」

「名はなんと申す」

「福島市助正則（ふくしまいちすけまさのり）と」

元親は扇子を取りだして軽く振った。

「ふむ。おもしろいな。ぜひとも会ってみたい。すぐに連れて参れ」

「実は城下に来ております。明日にでもお会いいただければと」

「わかった。そのようにしてくれ」

なかなか興味深い。織田に関する情報が手に入るかもしれないし、なにより親武が認めるほどの武者というのがよい。

気になって元親は、なおもその武者について親武に尋ねた。話は意外なほど長くなった。

四

九月九日　甲府

北からの風が今日はひどく冷たい。

梢が鳴り、庭の落葉が舞いあがると、痛みすらおぼえる冷気が身体をつつみこむ。濡縁に立っているだけで凍えそうだ。

庭先から見る空は青く澄んでおり、どことなく褪めた色が寒気をさらにきわだたせる。

ようやく立冬を過ぎたばかりなのに、ここまで冷え込むとは。今年の冬はどうなってしまうのか。

「駿河、いつまで空を見ている。寒いぞ」

板間から声がして、山県駿河守昌景は振り向いた。火鉢の前であぐらをかいているのは、焦茶の着物を着た武将だった。

五〇を過ぎて髪にも白いものが目立つが、皺は少なく、背中もまだ曲がっていない。雄大な体格は以前とまったく変わらず、きちんと鍛えあげていることが見てとれる。

昌景を見る目はやさしいが、その奥底には歴戦の武士が持つ鋭さが隠されている。

「これは、失礼しました」

昌景は板間に戻ると、戸を閉めて腰を下ろした。

「もの思いにふけってしまいました。今年は冬が早いようで。手を尽くさぬと、面倒なことになりましょう」

「であるな。儂のところでも支度をさせている。殿にも話をしておこう。雪が早くなれば、北条の戦も大きく変わってこよう」

高坂弾正昌信は静かに語った。その口ぶりも以前とまったく変わらず、安心感がある。

昌信は今は亡き武田信玄の側近で、春日虎綱と名乗っていた時代から戦場を駆けめぐっていた。信濃では常に最前線にあって国衆と渡りあっていたし、川中島をめぐる戦いでも海津城をまかされ、上杉勢の手勢を何度となく迎え撃った。

上洛戦でも三方ヶ原で徳川・織田の連合軍を破り、和泉岸和田城をめぐる攻防では早々に城門を突破して、わずか二刻で城攻めを終わらせ、畿内の者を驚かせた。

後の武田の国割では三河半国を与えられ、巧みな治世で成果をあげつつあった。

知勇兼備の名将であり、武田家には欠くことのできぬ存在だった。

忙しいはずの昌信が昌景の屋敷を訪ねてきたのは、未の刻を過ぎた頃合いだった。わずかな供の者を連れ、先ぶれもなくふらりと姿を見せた。

珍しいことであわてたが、昌景はとにかく屋敷に迎え入れ、もてなしもそこそこにして奥の一室に案内し、二人きりの場を作りあげた。

しばしの沈黙の後、昌景は思いきって話を切りだした。

「北条の件、手間取っているようですな」

「ああ。殿は駿河に兵を出したいようだが、うかつに仕掛ければ、小仏を越えて甲斐に北条勢が飛び込むであろう。八王子には北条陸奥の一万が控えており、無茶な出兵はできぬ」

「されど、放っておくわけには……」

「ああ。すでに駿府は落ち、一部は遠江の国境に姿を現している。駿河を取り戻すためには早々に兵を出すしかないが、簡単にはいかぬだろうな」

やはり、その件であったか。

昌信は以前から駿河の件をひどく気にしており、いくつか打開策を提示していた。

そのうちの一つでも実施されていれば、この窮状は防げていたが、実行できるだけの余力が当時の武田家にはなかった。

苦境はいまだつづいている。昌景は吐息をつきそうになるところを懸命にこらえた。

「戦を仕掛ける余力は、今の武田にはありませぬ。いや、やればできますが、それこそ根こそぎ兵をかき集めることになり、その分、信濃や遠江が手薄になりましょう。

大きな一揆につながりかねず、無茶をするべきではないかと」

「されど、捨て置いては武田の威信にかかわる。手は打たねばならず、ならばできるかぎり兵を集めたいと思うのは当然のこと」

昌信の声には力がなかった。表情からも覇気は感じられない。

昌景も先のことを考えると陰鬱になる。

武田家は苦しい状況に追い込まれていた。

原因は二年前、笠寺の戦で敗れ、甲斐への後退を余儀なくされたことにある。

武田は織田と和議を結んで三河以西はすべて放棄し、甲斐、信濃、駿河、遠江を中心にして版図の再編成をおこなった。

差配したのは新たに頭領となった信頼である。

異論はなかった。

信玄から偏諱を受け、正式に武田家の後継者となっていたことから、家臣の大半が信頼に忠義を誓った。わずかに小山田信茂が説教じみたことを述べただけで、家督継承はつつがなく終わった。

信頼は武田の一族を要衝に配置して、体制の立て直しを図った。駿河には武田信廉、遠江には仁科信盛を入れて、子飼いの将を与力とした。

一方で、高坂や山県といった重臣は甲斐に置き、変事があった時の備えとした。相談役として近くに置きたいという気持ちもあったのだろう。

実際、信濃で乱が起きた時には、昌景がいち早く赴いて鎮圧、最悪の事態に陥るのを防いだ。

信頼はよくやっていると思う。

しかし、若い主君では国内、国外の勢力を完璧に押さえるのは無理だった。

現時点で、最大の難敵は北条だ。

「そもそも北条は、先代が上洛した直後から我らのやり方に文句をつけ、さんざんに争ってきた。韮崎をめぐっては、何度となく戦を仕掛けてきたしな」

「さようで。上野で兵を動かしたこともございましたな。先代が亡くなられ、武田の勢力が大きく後退すれば、攻めたてるのは当然のことかと」

武田勢が動揺している隙を突いて、主の北条左京大夫氏政はまず上野で兵を動かし、武田の拠点を攻撃した。

標的は内藤大和守昌秀が守る箕輪城で、二万の兵で取り囲んだ。信頼は急ぎ援軍を出したが、巧みに迎え撃たれて大きな被害を出した。

北条勢はなおも攻勢を強め、天正六年七月には箕輪城を攻め落とした。

昌秀は落ちのびたものの、城を奪還するため、無理に残存兵を集めて仕掛け、逆に北条陸奥守氏照の手勢に討ち取られてしまった。

これには昌景も大きな衝撃を受けた。

結局、武田勢は上野からの撤退を余儀なくされ、小諸城の真田左衛門尉信綱を中心に信濃の守りを固めることとなった。

天正六年の秋になると、今度は駿河に北条勢が進出した。韮山、興国寺をたてつづけに落とし、先鋒は富士川の東にまで進出した。

これにあわせて今川の旧臣が蜂起し、駿河は大混乱に陥った。北条勢には今川氏真が加わっており、彼の放った檄文が旧臣の不満を大きくあおり立てた。

「そもそも、武田は無理に今川領に攻め入っている。氏真殿を無下に扱ったことになるゆえ、恨みに思うのは当然であろう」

昌信の表情は渋かった。

武田と今川は、信玄の息子義信のもとに今川義元の娘が嫁いでからは、良好な関係が維持されていた。信玄が信濃で上杉勢と戦うことができたのも、今川が背後を固めていたからである。

　それが変わったのは、桶狭間の合戦で義元が討ち取られてからである。氏真は今川家をまとめることができず、混乱が広がった。

　そこに信玄は乱入し、駿河の大半を制した。

　この時点で信玄は今川の娘を離縁し、義信も誅殺しており、関係を完全に断ちきったうえでの進出だった。

　敗れた氏真は相模に逃げ、北条家の援助を受けて駿河奪還の機会をうかがっていた。

　裏切ったのは信玄であり、氏真も含めて今川家の者が恨みに思うのは当然であった。武田の支配がゆらげば、乱を起こすのは自然の成り行きだ。

「それでも我らの支配が盤石であれば、ここまで崩れることはなかったが……」

「もう少し時間があれば、殿の威光が隅々に届いたと思われますが、それを北条は待ってくれませんでしたな」

「江尻城に敵が迫ったところで、決着はついていたと言える」

　信頼は一万四〇〇〇の兵を率いて駿府に入ったが、この時、北条の主力は興津を越えて江尻城に迫っていた。

　天正六年一二月一二日、江尻城の北で北条軍一万八〇〇〇と武田勢一万二〇〇〇が激突。三刻にわたる激しい戦いで武田勢は主力を突き崩され、敗北した。

　仁科信盛が北条氏照、安房守氏邦（うじくに）の手勢に打ち破られ、左翼が大きく崩れた。そこに北条氏政の本隊が飛び込み、信頼の陣地をさんざんに踏みにじった。

　昌景は大道寺（だいどうじ）政繁（まさしげ）の軍勢をよく抑えていたが、最終的に耐えきれずに後退した。

この時は今川の旧臣も後方で活発に動いており、昌信はその対応で戦に加わることができなかった。それもまた敗北の一因であった。

信頼はなおも戦うと息巻いたが、昌景や昌信に説得されて甲斐へと引きあげた。

「あの戦いでは多くの味方が討たれた。安中景繁(あんなかかげしげ)、望月信永(もちづきのぶなが)、米倉丹後(よねくらたんご)と、数えあげればきりがない。おぬしも危ういところであったはず」

「さようで」

「あそこで無理をすれば、本当に武田は滅びていたかもしれぬ。無理はできなかった」

「もっとも、そのおかげで駿河を失うことになりましたが」

勢いに乗じて北条勢は駿府に乱入、信玄が仕上げた町を焼き払うと、さらに西に進み、遠江の国境まで進出した。

今川の旧臣がそれを支援したこともあり、駿河はあっさり北条の支配下に入った。

昌信は大きく息を吐き出した。憂いの表情を隠そうともしない。

「五年前には畿内を制し、日の本の五分の一を手にした武田が、いまや甲斐、信濃、遠江を残すのみとなった。信じられぬ」

「上洛したのは、夢か幻だったのではと思うほどです。頭に残る景色は、どこか異なる世界のものではないかと」

「まったくだ」

昌景は首を振る。

「先代の上洛がすべてのはじまりであったな。あの時は血が躍ったものであるが、振り返ってみれば、いささか早まったのかもしれぬ。

尾張、美濃を落としたところで、しばし兵をとどめ、落ち着いたところで上洛すれば、また変わっていたであろう」

武田の身代は一挙に大きくなり、釣り合いを欠いた。もう少し時があれば落ち着いたと思われるが、時の流れは途方もなく速くなっており、どうすることもできなかった。

「正直、悔いはございます。ああしておけばよかった、こうしておけばよかったと思うこともしきりです」

昌景は昌信を見据えた。

隙間風が入り込んで首筋をなでる。それは先刻よりも、さらに冷たさを感じた。

「ですが、時は戻りませぬ。我らがやるべきは、武田の家を守り、後世に残すこと。そのためにできることを、すべてやるだけで」

「よう言うた、駿河。それが聞きたかった」

昌信は膝を叩いた。

「情けない話だが、駿府を失い、信濃が揺れる今、弱気の虫が走って仕方なかった。どこに、どのように進んでよいのかわからぬ有様でな。おぬしの言葉で目が醒めた。礼を申すぞ」

「なんの。その弱気は武田家を思えばこそで。手前も迷うことはいくらでもございます」

昌景が微笑すると、昌信もそれに応じてわずかに笑った。澄んだ、よい表情であった。

「まだ余力のあるうちに仕切り直さねばな。駿河はやむをえぬが、甲斐、信濃に北条勢が踏みこんでくるようなことは避けねばならぬ。北条がつまらぬ調略をかけてくることもあろう。家臣、国衆の引き締めが必要であるな」

「上杉はどうなさいますか」

「今は手を出せぬ。あいかわらず謙信は倒れたままであろう」

「目が醒めたという話は聞いておりませぬ」

「厄介であるな」

越後の雄、上杉不識庵謙信は七月に春日山城で倒れ、そのまま深い眠りについている。上野に進軍する直前であり、武田もそれに協力するはずだった。

「跡継ぎをめぐっての争いも起きていると聞きます。もし、このまま謙信が亡くなるようですと、争いはさらに激しくなるかと」

「喜平次殿と三郎景虎か」

　謙信は実子がいなかったので、坂戸城主長尾政景の息子、喜平次景勝と、北条左京大夫氏康の息子である三郎景虎を養子に迎えていた。

　景勝の妻は信玄の娘であり、景虎の兄弟は北条の当主である氏政である。

　それぞれが大きな勢力を味方につけていたが、謙信は跡継ぎを明快に決めないままに倒れ、現在に至る。

　当然、主導権争いは起きるわけで、すでに領内で小競り合いが起きたという話も届いている。

「三郎めが跡継ぎになれば、我らはおしまいだ。上杉、北条が手を組んで信濃に襲いかかってこよう。防ぐ手はない」

「喜平次様を助けたいところですが、今の武田にはむずかしいかと。うかつに兵を出せば北条を煽ることになり、越後での騒乱に巻きこまれます」

「といって、見ているだけではな。上杉が敵に回った時に備えて、手を打っておかねばならぬ」

　武田が追い込まれている現状では、上杉家で家督争いが起きれば、間違いなく景虎方が優位に立つ。国衆はこぞって景虎に味方し、景勝は追い込まれるだけになろう。

　その前にできることはかぎられている。駿河から北条を叩き出すことができればよいが、それは不可能である。

　ならば、次善の策を打つよりない。

　昌景はあたためてきた腹案を語るべき時が来た

と判断した。

「弾正様」

「なんだ?」

「この苦境を打開するには、味方を増やすよりありませぬ。しかも上杉や北条を相手にしても、ゆるがぬほどの力を持つ者が」

昌信はそこで目を細めた。

「おぬし、まさか……」

「さようで」

昌景は思いきって先をつづけた。

「織田に力を借りるのがよいかと」

「ならん。それはならんぞ!」

昌信は立ちあがって、昌景をにらみつけた。

「織田が我らに何をしたか忘れたのか。助けてやった恩を忘れて返り忠を討ったばかりか、さんざんに我が家を振り回し、最後には我が主を討ち取ったではないか。恨みはいまだ消えぬ。信長の前に立てば、儂は即刻、槍を突きたてるぞ」

「お気持ちはわかります。手前とて、亡き信玄公に引き立てられた身。織田に対する恨みは、骨の髄まで刻み込まれております」

「ならば、なぜ……」

「落ち着いてくだされ。立ったままでは話もできませぬ」

昌信はなおも昌景をにらみつけていたが、大きく息を吐き出すと、荒々しく腰を下ろした。

懸命に怒りを抑えるあたりは、さすがに歴戦の武将である。若手ならば、ためらうことなく組みついてきたに違いない。

「あの織田と手を組むだと」

昌信の口調は荒々しく、顔もゆがんでいる。

「ありえぬことであるが、おぬしが言うからにはそれなりの考えがあるのだろう。まず申せ」

「第一に、我らが織田と国境を接しているということ。右府が北条、上杉と手を組み、攻め込んでくれば、武田は三ヶ月ともちますまい。背後に敵を作るのはなんとしても避けたいかと」

「ならば、今のままでもよいではないか」

「織田に利がありませぬ。手を組み、我らが東から押し寄せることはないと確信すれば、織田は安心して西に兵を回すことができましょう。毛利との戦いも優位に進めることができるはず」

「…………」

「さらに言えば、織田の勢力は強大。尾張、美濃、近江、畿内を押さえ、兵の数は一〇万に達するとも言われております。かの地がどれほど豊かであるかは、我らが一番よく知っております。堺商人との結びつきも強みかと」

昌景は語気を強めて、先をつづけた。

「さらに、認めるのは悔しい話ですが、織田は武田を追い払ったということで、東国の者どもにも一目、置かれております。とりわけ信玄公を破ったのが大きいようで。その織田と遺恨を越えて手を組んだとなれば、さすがの北条もうかつには動けぬでしょう」

「織田と戦うのを避けるか」

「北条、上杉とも織田とは手を合わせておらず、その力を図りかねております。いきなりの合戦はなく、まず様子を見るかと」

「連中がおとなしくしている間に、我らは家中を立て直せばよいわけか。うまくやれば、駿河に再び兵を送ることもできるかもしれぬ」

「富士郡まで取り返せば、武田の名は再び輝きを取り戻しましょう」

今はなにより時間が必要だ。そのためにも、たとえ仇敵であっても織田と手を組むべきである。

昌信は腕を組み、目を閉ざした。しばし、その口も一文字になったまま動かない。

昌景は焦れることなく、眼前の勇将が口を開くのを待った。

鳶の鳴き声が彼方から響く。それが消え去ったところで、昌信は話を切り出した。

「おぬしの言うとおりであろうな。時を稼ぐのであれば、織田と誼を通じるよりない。業腹な話だが」

「同感です。悔しいのは変わりありませぬ」

「おそらく、亡き御館様でも同じように考えたであろう。一時の思いに流されることなく、武田家の利になる策を堂々と選び取るに違いない」

昌信は膝を手において身を乗り出した。

「あいわかった。織田との件、すぐに進めよう。腹立たしいが、ここはやむをえぬ」

「では、取次は手前が。右府とは顔をあわせたこともございますので」


世を去る寸前、信玄は信長を呼び出してなにごとか話をした。その時に昌景は顔をあわせていた。颯爽と馬から下りた時の姿は、今でも目に焼きついている。

「すぐ伏見に向かいます。右府と話をして、こちらの意を伝えませぬと」

「わかった。家中は儂がまとめる。顛末はおって書状で伝えるゆえ、とにかくおぬしは行け」

「ははっ」

これで方針は決した。あとは動くだけだ。

時流に流されるわけにはいかない。武田家の命運を切り開くためにも、できるだけのことはする。

昌景が今後の方針を昌信に語った。

信長がどこにいるのかはわからないが、とにかく会って武田の意を伝える。すべてはそこからだ。

第二章　播磨の激闘

一

九月一九日　播磨置塩城南方一里

明智弥兵次秀満は小高い丘に登ったところで馬を止めた。

視線を北に向けると、すっかり葉が落ちて、茶色に染まった山が見てとれる。

東から連なる山地の突端にあるが、東側が大きくくぼんでいるせいか、その山だけが独立しているように見える。

さして高さはないので、手間をかけずに登ることができるように思えるが、見た目ほど簡単ではあるまい。

山頂付近に館が見てとれることからも、その山が要害であることがわかる。

「あれが置塩城か」

「はい。もとは赤松家が造った城のようですな」

秀満の言葉に応じたのは壮年の武将であった。

青の具足に身をつつみ、腰に太刀を差している。

馬上の姿はゆったりとしており、見ていて安心感がある。何度となく死地をくぐり抜けてきた自信が、そのように見せるのであろう。

斎藤内蔵助利三は美濃の生まれで、斎藤義龍、ついで西美濃三人衆の一人、稲葉一鉄に仕えた。

武田の上洛時、一鉄から離れてしばし放浪し、信長が蜂起する寸前、光秀の家臣となった。

武勇に長け、近江の戦いでは光秀を支えて武田勢と戦い、武田信豊の手勢を巧みに押さえ込んだ。尾張の戦いでも犬山城を守って戦い、信長から感服状をもらった。

教養人で、津田宗及(つだそうぎゅう)らと茶の湯を楽しむ素養もある。秀満も茶を点(た)ててもらったが、思いのほか優雅な点前(てまえ)に驚いたほどだ。

信長が畿内に再進出すると播磨に出て、調整役を務めた。ゆえに情勢については秀満よりも詳しい。

「応仁の大乱を受けてのことだったようで。その後は赤松家が支配しておりましたが、内紛もあって今は宇野の手勢が入っております」

「播磨の国衆だったたな。ほかには」

「毛利の将が入っているとの話も聞きますが、そのあたりはなんとも」

「数は二〇〇〇か。抜くのは簡単ではないな」

敵は地の利に長け、山城の特長を最大限に生かしてくるだろう。単なる力攻めでは、七〇〇〇の兵でも抜けるかどうかは怪しい。

「ですが、この置塩をなんとかしませんと、西播磨に入ることはできませぬ。川沿いに街道があり、そこを抜けて美作方面に向かうことになります」

「背後を取られぬためには、落としておかねばならぬか」

秀満は五日前、姫路城に入った。播磨攻略作戦を実施するためで、大将である光秀も同時に入城している。

今日は物見も兼ねて、姫路の北に向かった。枯れた灰色の大地を抜けていくうちに、いつしか彼は置塩城の近くに迫っていた。

「ここから先は敵地です。どうしますか」

新参ということもあり、利三の口調はていねいだ。

。


「もう少し城に近づこう」

秀満は城を見た。

「近いうちに城攻めがはじまる。その時に何も知らぬでは困るからな」

「小寺勢が先陣を務めますが」

「まかせきりというわけにはいくまい。面子もあるゆえな」

秀満が馬を出すと利三もそれに従った。

秋風が吹きぬけると砂埃があがって、右手方向を騎馬で走る侍が手で顔を覆った。

九月も半ばを過ぎれば草木は枯れ果て、灰色の大地が彼方まで広がる。人影もまばらで、道行く者は行商人とおぼしき一団だけだ。

「このあたり、雪はどうなのだ？」

「ほとんど降りません。山に入れば多少はありますが、それでも根雪になるほどではないでしょう」

「雨も少ないのだったな」

「今の季節でしたら。しばらくは冬枯れの日々がつづきますな」

「戦をするには、ちょうどよいか。寒さもしのげぬほどではない」

越前や加賀では身動きができぬほど雪が降り、軍勢の動きも大きく制約される。城にこもって無駄な日々を過ごすことになり、それが情勢を大きく変えることもあった。

「それがないだけましか……」

秀満が播磨の地に入るのは二度目だ。

最初は、羽柴秀吉に会うために姫路に入った時で、その時は合戦することなく近江に帰った。

今度は播磨の奥深く踏みこんで、敵と矛を交えることになる。

相手は播磨、備前の国衆に、毛利の将兵だ。見知らぬ地で、見知らぬ強敵と戦うのはむずかしいしい。思わぬ罠にはまって、痛手をこうむることもある。かつて丹波で戦った時には苦戦を強いられた。

「ぐずぐずしておれぬ。早々に城を攻めねばな」

「同感ですが戦には相手があり、こちらの思ったようにはいきませぬ。半端に動くと、敵を引っ張り込むことになりますぞ。見てごらんなさい」

利三が目で示した先には砂埃の塊があった。

城と彼らの中間地点であり、それは確実に大きくなっている。

先頭を走るのは騎兵だ。

一〇騎、いや二〇騎ほどが一団となって、彼らに迫っている。

「いかん。宇野の手勢か」

「我らが探っているのに、気づいたのでしょうな。早々に兵を出してくるあたり、めざとい」

「逃げるぞ。我らだけでは相手にならぬ」

秀満が率いているのは利三のほかには、騎馬の士分が三人に足軽が一〇人ほどだ。

数のうえでも将兵の質でもかなわない。

「行くぞ」

「丘の向こう側に林がございました。あれをうまく使いましょう」

「あいわかった」

秀満が馬を走らせると、風を切る音が響いた。

矢だ。

思いのほか早く射かけてきた。

つづけざまに音が響いて、今度は右手方向の大地に突き刺さる。

「これはいかん」

秀満は足軽の動きを見ながら馬を出す。

敵勢との距離は確実に詰まっていた。

二

九月二〇日　姫路城

「それは、とんだ災難でしたな」

　からかうような声に、明智光秀は小さく息を吐いた。

「弥兵次がうかつであった。敵陣でうろうろしていれば、見つかって当然。討ち取られなかっただけ、ましと考えるべきだ」

「これは手厳しい」

「私だったら、三〇〇の兵でまわりを取り囲んでいた。取り押さえることができれば、織田の内情をつかむこともできる」

　秀満が宇野勢に追われた話は、彼が戻ってきてから聞いた。うかつなふるまいに光秀は腹がたち、さんざんに叱りつけた。

　万が一のことがあったら、どうするのか。なにより織田の将が前線に出ていると知ったら、この先、敵は警戒してやりにくくなるであろうと。

　さすがに秀満は恐縮して頭を下げていた。

「弥兵次はよき将だが、ここのところ、粗忽なところが目立つ。もう少し考えてから動いてくれるとよいが」

「日向様のように目端の利く者は少のうございますよ。手前から見れば、弥兵次様もよくものが見えていると感じます」

　やわらかい口調で話をするのは、濃緑の肩衣を身につけた武将であった。

　年齢よりは老けた顔立ちをしている。無駄な肉はついておらず、顔も縦に長い。肩幅も狭く、全体にほっそりした身体つきだ。

　ひ弱とは言わないまでも、勝家や前田利家といった前線の将から見れば、力強さには欠ける。

それでいて侮ることができないのは、ふるまいがいちいち自信に満ちているからだ。年齢を重ねた長者のようで、言葉も一つ一つが重い。

小寺官兵衛考高は播磨小寺家の重臣で、主君の加賀守政職(かがのかみまさもと)を支えて、他国にもその名が響くほどの活躍を見せている。

先祖は近江に住んでおり、祖父の代に播磨へ移動したらしい。父の職隆(もとたか)の代に小寺家へ仕えることになり、その能力が高く評価されて、姫路城の城代を務めるまでになったようだ。

官兵衛は父から家督を譲られて、小寺家の家老を務めている。

まだ若いが、その知略には定評があり、永禄年間にはわずか三〇〇の兵で、三〇〇〇の赤松勢を撃退している。

昨年も長水城(ちょうすいじょう)の毛利勢二〇〇〇を鮮やかな手並みで撃退し、逆に置塩城と長水城の連絡を断ちきるという戦功をあげた。

昨日、秀満が宇野勢に追われた時、救援の兵を出したのも考高だった。敵に妙な動きがあると警戒していたらしく、そのあたりの判断はさすがであった。

「そう言ってくれるのはありがたいが、やりにくくなったことは確かだ。さて、どう攻めていくか」

光秀は眼前の絵図を眺めた。

そこには播磨の地勢が細かく記されており、ひと目で城と敵の位置を把握できた。

光秀が考高と顔をあわせているのは、考高の屋敷にある板間だった。

屋敷は姫路城の二の丸にあり、何が事が起きれば、すぐに対応できる態勢を整えている。

考高は、主君の政職にも姫路城へ移るよう勧めていたが、今のところ先祖伝来の御着城(ごちゃくじょう)を離れる気配はないようだ。

　光秀は、屋敷の一角に自らの陣所を用意してもらい、日中は姫路城にあがって考高と顔をあわせていた。

「我らが姫路に入ったことは、とうに宇野勢には知られていよう。当然、毛利、浦上、赤松勢もつかんでいるか」

「さようですな。長水、上月（こうづき）の敵勢はもう動いていましょう。備前の毛利勢も、後詰めの兵を繰りだしていましょう。風向きが変わるやもしれませぬな」

　考高は絵図を指し示しながら語った。その口調は冷静だ。

「敵勢はどれぐらいと考えておられるか」

　口を開いたのは、光秀の右手方向で絵図を見ていた武将だった。肩衣は鳶色で、雪の紋様が染め抜かれている。

厳（いか）つい顔は、激戦をくぐり抜けて来たことをよく現している。

　蜂須賀小六正勝は尾張の国衆で、桶狭間の戦いの直前に信長に仕え、将軍義昭を奉じての上洛作戦では箕作城（みつくりじょう）の攻撃に参加した。

　羽柴秀吉の与力として働くことが多く、最初に秀吉が播磨に入った時も行動を共にしていた。

　信長が信玄に屈すると旧領で逼塞していたが、尾張で織田の兵が動くと、すぐに行動を起こし、武田勢の背後を脅かして勝利に貢献した。

　笠寺の戦いでも武田勢をうまく攻めたて、その動きを封じている。

　今は、光秀の与力として播磨で活動中だ。

　正勝は播磨情勢に詳しく、調略の才にも長けているので重宝していた。

　秀吉がいれば、彼を手放すようなことはなかったであろう。考高とは違う意味で有能な人物であった。

ほかにも軍議の場には妻木広忠、阿閉貞征、溝尾茂朝といった光秀の腹心が顔をそろえている。

光秀としては、今日中に今後の方針を定めたかった。毛利勢の動きが活発になる前に、手を打つべきとの見立てだ。

正勝の問いに考高が応じた。

「まず、置塩城に二〇〇〇。これは宇野祐清の手勢ですな。さらに、西の長水城に同じく宇野勢が三〇〇〇。本命は上月城の七〇〇〇。こちらは備前浦上家の一党に毛利勢が加わっております。今のところ、熊谷信直、粟屋元信が入っておるようで」

「熊谷というと、あの毛利の重臣か」

「信直は安芸武田家から鞍替えし、毛利家をここまで盛りたてた功臣。老臣ではございますが、その力は侮れませんな」

「なるほどな」

「さらに、確かとは申せませぬが、長水城に毛利勢が入っているとの知らせもございます。名ははっきりしませぬし、手勢がどれほどなのかもわかりませぬ。

ただ、この時勢ですから、使いものにならぬ者を送ってくるとは思えないかと」

考高の見識は鋭い。ここまで説明されれば、播磨の情勢は完璧に把握できる。

正勝も考高の説明には感服しているようで、しきりにうなずいていた。

「それで、この先はどう動いてくると思うか」

妻木広忠が尋ねる。

広忠は光秀の叔父にあたる人物で、彼が苦難の時代を過ごしている頃から支えている。経験に裏打ちされた、緻密な判断には何度となく助けられた。

「攻めてくるにしては、いささか数が少なすぎるように思えるが」

「これまで敵がおとなしかったのは、戦支度を整えていたからでしょう。別所、山名を動かし、この姫路を取り囲む。そのあたりがねらいかと」

「別所は一万を動かせる。それに毛利の援軍が加われば、三万に達するやもしれぬ」

「但馬の山名が動けば、さらに増えましょうな」

広忠の発言を受けて正勝が語った。その視線は絵図に貼りついたままだ。

「西国の雄がいっせいに播磨の織田勢を攻めるか。なかなかに厳しい」

「織田だけではありませぬ。我らもおりますぞ。少ないですが味方です」

考高が応じる。

小寺家は当主の政職が日和見で、いささか不安は残るものの、今のところ織田と行動を共にしている。とりわけ考高は織田との関係を重視し、姫路城を光秀に明け渡すとまで言ったほどだ。

当面は信じてもよいだろう。

「敵が攻めてくるのであれば応じねばならぬが、どうするか」

光秀が見やると、考高は小さく笑った。

「わざわざ城を出て来てくれるのですから、むしろ、これは好機でございましょう。早々に宇野、浦上勢を叩いて西播磨を取ってしまいましょう」

「なんと」

「策はございます」

考高は気負うことなく、淡々と説明をはじめた。それは大胆かつ緻密で、光秀は絵図を見ながら無言で話を聞いていた。

三

九月二六日　置塩城

銃声と共に大地が弾けると、見えない壁にぶつかったかのように足軽の一団が下がった。

明らかに押されている。

津田七兵衛信澄（しちべえのぶすみ）は味方を鼓舞すべく前に出ようとしたが、寸前で手綱を引いた。

視界の片隅に、黄絹（ほっけん）の旗印を差した騎馬武者が飛び込んできた。

騎馬武者は信澄を見つけると、巧みに馬を操って近づいてくる。

「申しあげます」

武者は馬から下りると膝をついた。

「三の丸で並木三左衛門（なみきさんざえもん）殿、討死。宇野勢はなおも我らを攻めたて、味方は次の城門を破ることができませぬ」

「溝尾勢はどうか？」

「うまくありませぬ。空堀は深く、思いのほか手間取っております。鉄砲もおり、たやすくはいかぬかと」

「あいわかった。ここが勝負どころよ。戻って、踏みとどまるように伝えよ」

「御意」

使番は頭を下げると、馬に乗って前線へ戻った。

再び銃声が轟き、曲輪（くるわ）の向こう側で桔梗の旗印が揺れる。溝尾勢が敵の二の丸に突入するべく、攻勢をかけている。

うまくいっていないという報告は正しく、長柄衆は敵の守りを崩すことができず、城の三の丸にとどまったままだ。

「さすがに、きついか」

信澄は光秀の下知を受けて、二三日から播磨中部の要衝、置塩城を攻めていた。

率いるのは織田と小寺の連合軍で、内訳は織田勢が三五〇〇、小寺勢は一五〇〇だ。

配下には溝尾茂朝、阿閉貞征、さらには小寺勢を率いる栗山善助利安（くりやまぜんすけとしやす）が加わっており、陣容は手堅い。

たてつづけに兵を送り込み、なんとか三の丸に突入することはできたが、その先がつづかない。

信澄が顔をあげると、三の丸から二の丸へとつながる急斜面が見てとれる。

冬枯れの山肌は切りたっており、登るのは困難だ。これまでも何度か足軽が登坂を試みたが、斜面と城兵の攻撃によって、すべて食い止められている。

置塩城は三つの曲輪を持つ山城で、それぞれが空堀と土塀、石垣で守られている。曲輪はそれぞれ独立しており、一つが突破されても落城にはつながらない。

攻め落とすには尾根に沿って三の丸、二の丸と抜くしかないのであるが、味方はようやく三の丸を抜いて、二の丸につながる門を攻めているところで、苦闘がつづいている。

「なんとかせねば」

信澄が三の丸に入ると、倒れた織田の将兵が視界に飛び込んできた。

板塀にもたれていた足軽は、うなだれたまま動かない。その腹は大きく切り裂かれており、腸が地面に延びている。

その手前には、足を斬られた足軽が横たわっている。目は大きく見開かれ、天を見つめたままだ。

信澄の行く先でうめいているのは右腕を斬られた武者で、家来らしい足軽が手当てをつづけている。

惨状に信澄が顔をしかめると、ひときわ高い銃声が響いて大地が弾けた。

いつしか玉が届く距離に飛び込んでいた。

信澄は馬を下りると、鉄砲にやられないように気を使いつつ、曲輪の北に向かう。

たいして行かないうちに、二の丸を目指す織田勢の姿が目に入る。

足軽の一団が空堀を越えて土塁に近づこうとするのだが、矢の雨に遮られて押し戻された。うかつに顔を出した雑兵が、たちどころに討ち取られる。

その奥では、一〇〇の兵が空堀に身を隠しているが、鉄砲の攻撃が激しくて攻め入ることができない。

味方も鉄砲を放っているが、頑丈な土塁と板壁にはばまれて、城兵を倒すまでには至らなかった。

置塩城の二の丸は堅固で、突破には相当の時間がかかるだろう。

なおも信澄が前に出ようとした時、横から声がした。

「七兵衛殿」

振り向くと、髭で顔が黒く見える武者が駆けよってきた。具足も兜も黒で、がっちりした体型によく似合っている。

溝尾庄兵衛(しょうべえ)茂朝は光秀の家臣で、光秀が朝倉家に寄宿している頃から仕えていた。将軍足利義昭の上洛に深くかかわり、日程調整のため、岐阜で信長と直に会って話もした。

上洛戦では光秀の配下として戦い、本国寺の変でも最前線で三好勢と渡りあった。

激戦をくぐり抜けてきたこともあり、何をするにも余裕がある。今も信澄に向けた顔には笑みがあった。

「どうなされたのですか、このようなところに」

「おお、庄兵衛殿。戦ぶりが気になってな」

「大将が本陣を放りだして、こんな前まで出てくるとは。無茶が過ぎますな」

「抜けそうか」

「厳しいですな。敵は早々に三の丸から下がって、二の丸にこもっています。二〇〇〇がまるまる残っているわけで、ちょっと近づいただけで、矢と鉄砲玉が降りそそぎますわ」

　またも鉄砲が轟いて、織田の足軽が身を潜める。

「二の丸は、こちらを見おろすところにございますから。いいようにねらい撃たれますな」

「だから、もう少し兵を寄越してくれと申したのに」

　信澄は愚痴を漏らす。最初からわかっていたことである。

　置塩城を攻めると聞いた時、五〇〇〇では足りないと感じた。六〇〇〇、できることなら八〇〇〇の兵がないと、堅牢な城にこもり、地の利に長けた播磨の国衆を倒すことはできないと考え、再考を求めた。

　光秀は彼の意見を認めなかったので、信澄は手持ちの兵で戦うことになった。

「このままでは城を抜くどころか、押し返されてしまう」

「かまわんでしょう。それが殿の策ですから」

　溝尾は二の丸を見あげた。

「毛利に支援され、播磨の国衆は攻めに転じております。山名が動くという噂もあり、強気一辺倒といったところ。ならば、やりたいようにやらせておけばよいかと」

「小寺官兵衛の策か。本当にうまくいくのか」

「いきます。あの者、相当にできます。今は従ってみるがよいかと」

　信澄は軍議の場にいなかったこともあり、考高の策を直に聞いてはいなかった。

　よほど自信があるようだが、鵜呑みにはできない。思ったとおりに物事が進むとはかぎらないであろう。

　第一、考高が織田の味方であるという保証がどこにあるのか。裏切って毛利についたら、それでおしまいではないか。

「少し無理をするか。敵の後詰めが気になる」

「七郎兵衛殿、それは……」

「今が攻め時よ。手をこまねいていれば、敵も立て直してこよう。背後を取られることもありうる。ここはしゃにむに押して、二の丸を落とすべきであろう」

　いつまでもじっとしてはいられない。ここは実績を見せる必要がある。

　信澄は、かつて信長に叛旗を翻した織田勘十郎信勝の子で、柴田勝家に養育され、武田信玄が上洛した年に元服した。

　津田家を継いだのは信玄に叛旗を翻す直前で、その後は信長の家臣として武田、朝倉、三好勢と戦った。多くの勲功をあげて、織田家中でも一目、置かれる存在となった。

　それなりに自負はあるが、一方で、この状況が長くつづかないこともわかっていた。

　信長は執念深く、自分を追い込んだ信勝をいまだに怨んでいる。その情念がいつ自分に向くかわからず、わずかな失策で破滅に追い込まれることもありうる。

　信澄としてはその前に、容易に取り除くことができないぐらいの勢力にのしあがっていたかった。

「攻め抜けば、流れも変わろう」

「いや、ですが……」

　茂朝の反論はそこで止まった。使番が駆けより二人の前で膝をついたからだ。

「申しあげます。長水城方面より宇野勢が姿を見せました。兵の数、およそ二〇〇〇」

「動いたか」

つぶやいたのは茂朝だった。

まさか、この頃合いで来るとは。最悪ではないか。

信澄は口を結んで、三の丸から西に広がる平野を見おろす。大きな土埃が確認できるまで、さして時間はかからなかった。

四

九月二六日　置塩城南西一里

「進め、進め！　敵の数は少ない。早々に打ち破って、置塩城の味方を助けるぞ」

おうと声があがって、足軽が前に出る。横に並びながら長柄を激しく突き出す。

織田の足軽がそれを受け止め、しばし長柄の打ち合いとなる。

怒声が響き、土埃が舞いあがる。

その情景を見ながら、粟屋与十郎(よじゅうろう)元信は声を張りあげた。

「右に回るぞ。つづけ！」

元信が手綱を振ると、栗毛の愛馬が駆け出す。冷たい風も気にならない。興奮が身体を熱くしている。

元信は置塩城攻撃の知らせを受けて、宇野祐清の手勢二〇〇〇と共に出陣した。

置塩城は堅城であり、織田が強力でも簡単には落ちない。攻めあぐねているうちに背後をねらえば、大きな戦果をあげることができよう。

元信は五〇〇の手勢を率いて、宇野勢の左翼についていた。

「突っ込め！」

彼が槍を振り回すと、味方の騎馬武者が織田勢の側面に飛び込んでいく。

悲鳴があがり、血飛沫が灰色の大地を濡らす。

騎馬武者が槍を突きたてるたびに足軽が倒れ、無惨に踏みにじられていく。

それにあわせて、味方の足軽も攻めに転じる。長柄の突き出しに織田勢は次第に崩れていく。

「今だ。このまま押し切れ」

「待ってください、与十郎殿。敵が……」

味方の言葉に視線を転じると、騎馬の一団が迫ってくるのが見えた。

数は二〇〇といったところか。

具足はいずれも黒で、指物は水色桔梗だ。

「明智勢か」

騎馬武者の一団はさっと左右に散ると、元信の手勢を取り込んだ。

「そこにいるのは、長水城の手勢と見た。何者か」

声をかけてきたのは中央の騎馬武者だった。

具足も馬具も質が高く、名のある武将であることは遠目からでもわかる。

「我は明智日向様家中、明智弥兵次秀満。おぬしらの首をいただきに参った」

「おう、おぬしが明智の小僧か。話は聞いておるぞ。なんでも置塩城までのこのこ出てきて、さんざんに追いまくられたそうであるな」

元信が煽ると、周囲の騎馬武者が大声で笑った。

秀満は顔をゆがめた。敵意が一瞬で沸騰し、剣呑（けんのん）な空気が周囲に漂う。

「我は毛利家中、粟屋与十郎元信。明智日向の首、いただきに参った」

「ほう。毛利の小せがれか。国衆を助けているとは聞いていたが、ようやく出てきたか」

秀満は厳しい表情のまま、前に出てきた。

「播磨の者ども、よく聞け。毛利の者どもはおぬしたちを助けたいと殊勝なことを申しているが、騙されてはならぬぞ。隙あらば、その首をかき斬るつもりよ。

毛利がほしいのはおぬしらではなく、おぬしらの所領よ。油断することなかれ」

「黙れ。余計なことを」

「図星か。さすがに毛利の小僧、底が浅いわ。そんな相手に殿を討たせるものか」

秀満は馬の腹を蹴ると、一直線に元信に向かってきた。

元信も迎え撃つべく、馬を前に出す。

「受けてみよ、わが槍を」

「そんなもの」

黒の具足が目の前に現れたところで、元信は槍を突き出した。

秀満はそれを軽く払って、逆に突きを入れる。

元信は下がってかわすも、つづけて二弾、三弾の攻撃が来る。

さすがにやる。

明智秀満は光秀の片腕であり、武田勢との戦いでも戦功をあげた武辺者だ。

一筋縄ではいかぬ相手と見て間違いない。

「だからこそ、倒しがいがある」

元信は早くから播磨に進出していたが、出陣の機会はなく、鬱屈とした日々を過ごしていた。

織田勢と戦いたいと何度も申し入れていたが、隆景は同意しなかった。逆に兵の温存を命じ、置塩城方面への進出は絶対に許さなかった。

まだ若く、血気にあふれる元信としては屈辱だった。それが、ようやく出陣を許され、置塩城付近まで進出できた。

今こそ、毛利武士の力量を見せる時だ。

元信は馬を右に回しながら、槍を突き出した。

切っ先が袖をかすめる。

つづけざまに槍を繰りだし、元信は攻めたてる。

秀満はひるまず、馬を寄せて至近距離から槍を振りおろしてきた。

強烈な一撃に、元信は馬上でよろめいた。手綱を強く握って態勢を立て直す。

強引だったこともあり、馬がいないて暴れた。

「もらった！」

秀満が槍をかざしたその時、横合いから味方の騎馬武者が現れた。

「やらせるか！」

「邪魔をするな」

秀満は下がって武者に槍を突き出す。

強烈な一撃が喉をつらぬいて、すさまじい勢いで血が吹き出す。

身体から力が抜けて、武者は頭から落ちた。

「まだやるか」

「無論だ。我らは負けはせぬ」

元信は槍を構え直した。

「兵はこの後も来る。長水城だけでなく、上月城、利神城（りかんじょう）からもな。織田の手勢では支え切れまい」

「その程度のこと、我らがわかっていないと思っていたか」

「なんだと」

「おぬしらが出陣してくるのは、端（はな）からわかっていたこと。すでに手は打ってあるわ」

そんな。織田勢は宇野、毛利勢が動くことも想定して、置塩城を攻めていたというのか。

思わぬ事態へ動揺する元信に、秀満が容赦なく槍を打ちこんでくる。

いったい何が起きているのか。優位に立っているのは、我々ではなかったのか。

長吉は光秀の命令を受けて、置塩城を大きく迂回して西に進み、西播磨の拠点、長水城の近くで待機していた。

配下の兵はわずか一五〇〇。

播磨勢に動きを察知される可能性があるので、数は厳しく制限されていた。

じっと耐えていた長吉が動いたのは、宇野、毛利勢が置塩城の後詰めに向かってからである。

事前に練った策に従ってのことで、一挙に長水城の大手門に押し寄せた。

二刻にわたって攻めつづけたが、城内に乱入することはできなかった。

当然だ。長水城は因幡、但馬、美作に通じる要衝に位置し、険しい地形を生かした堅牢な山城として知られていた。

本丸は長水山の頂上付近にあり、そこから南に張り出す尾根に沿う形で二の丸、三の丸が築かれ

五

九月二六日　長水城

「返り忠、櫛田豊前が裏切り！」

「門が開くぞ！」

足軽が叫ぶのと同時に、これまで彼らの動きを止めていた城門が開いた。

浅野弥兵衛長吉は声を張りあげた。

「今だ、攻め込め。城を落とせ！」

大地を揺らすような大声があがって、二〇〇〇の織田勢はいっせいに城内へ飛び込んだ。

宇野勢が立ち向かってくるも、その数は少ない。味方同士の打ち合いもはじまっており、曲輪は混乱に陥っていた。

「ねらいどおりよ。これならいける」

ている。山嶺の入口には砦があり、出城の役割を果たしている。

周囲は切りたった崖で、容易に登ることはできない。

城内に突入するには、二の丸と三の丸の中間につながる細い道を使うよりなかったが、深い空濠で行く手は遮られており、城に迫るだけでも手間がかかった。

攻撃をはじめても、敵兵が櫓からさかんに鉄砲や弓で攻撃をかけ、近づくことすらできなかった。

本当に城を落とせるのかと思ったところで、二の丸から裏切りの声があがり、味方はなんとか突破口を開いた。

「城は手薄である。このまま押し切れるぞ」

若い武者が声をあげている。長吉の家臣の加藤孫六茂勝だ。

三河から流れてきた一族の者で、信長が叛旗を翻す直前、羽柴秀吉の家臣となった。

武田との戦いでは美濃で攪乱戦をおこない、最後の笠寺の合戦では羽柴勢の一員として武田勢に挑み、それなりに戦功もあげた。

まだ一〇代で、荒々しいところはあるが見どころもあり、うまく成長すれば、ひとかどの武者になると長吉は見ていた。

「もっとも、この先、我らが生き延びることができればの話であるがな」

長吉は馬を下り、徒士で二の丸に突入した。

城内の戦いは激しさを増しており、宇野勢、織田勢ともに犠牲者が増えつつある。

口を槍でつらぬかれて倒れているのは、浅野家の足軽だった。長吉も何度か声をかけたことがある。

その向こうでは織田と宇野の武者か、互いに槍で突きあい、支えあうようにして死んでいた。

火があがり二の丸の櫓が燃えはじめると、宇野勢は後退に移った。

「見事だな。策があたった」

考高は、敵が前のめりであることを察して、わざと置塩城を少ない兵で攻めた。

早晩、後詰めが来て、織田勢を背後から攻めると見たのである。

その兵がどこから来るかといえば、長水城から来るわけで、兵を出せばそれだけ城内は手薄になる。そこをねらって敵勢を寝返らせることができれば、城内はたちまち大混乱に陥ると判断した。

単純に返り忠を討たせるだけでも敵を動揺させることはできるが、数が減ったところだと、なおさら効果的である。

置塩城を囮(おとり)にした絶妙の策であり、それは櫛田豊前の返り忠で見事に成功した。

「功をあげよ。さもなくば、我らに居場所はないぞ。汚名をなんとしてもそそぐのだ」

長吉は槍を大きく振って味方を鼓舞した。

秀吉が行方不明となったことで、羽柴勢は苦境に立たされた。所領はすべて没収され、家臣はその日の暮らしにすら困る状況となった。

それは、秀吉に長く仕えていた長吉も同じだ。

ほかの家に仕えようとしても、最後の戦いで羽柴勢が評判を落としたこともあり、追い返されることばかりだった。

罵倒されることもあり、耐えられず織田を離れる者も目立った。

長吉はそんな羽柴の旧臣を集めて、信長に使ってくれるよう申し出た。浪人扱いでもかまわぬので、功をあげる機会がほしいと。

このままでは何もできぬまま、野垂れ死にするだけで、せめて生き延びる機会を与えてほしいと訴えたのである。

信長は長吉の言を受けいれ、光秀の下につけた。播磨は多少の縁がある地で、なんともありがたい処置だった。

光秀は彼らに同情的で、なにかとよくしてくれた。今回、長水城攻めに抜擢したのも、長吉らに功をあげさせようと気を使ってのことだ。

生きる道を作るためにも、ここは無理をしてでも結果がほしい。

「羽柴の意地を見せよ。この城を落として、我らが無用の長物ではないことを見せつけてやれ」

長吉が前に出ると、本丸方面から武者の一団が下ってきた。数は二〇〇あまりで、いずれも派手な具足を身につけている。

みすぼらしい自分たちとは大違いだ。

光秀の心遣いがなければ、最低限の武具もそろえることができなかった。最低の立場であることは間違いない。

それでも負けるわけにはいかない。

道は、きっと開く。

長吉は馬上の武者に駆けよって槍をつけた。

馬がぶつかってくるが、気にしてはいられない。とにかく敵を一人でも多く倒し、この長水城を取る。今はそれだけだった。

六

九月二八日　長水城南西二里

「いったい何が起きているのだ？　長水城はもちこたえているのか」

宇喜多和泉守直家の言葉に、遠藤河内守秀清は首をひねった。

「なんとも申せません。使いの話を聞くかぎりでは、まだ落ちてはいないようですが」

「すでに織田勢が城に乱入したという話もある」

「それは間違いないかと。されど長水城は堅城。曲輪の一つや二つが落ちても、もちこたえることはできましょう」

「後詰めが来るとわかっておればな」

直家は東の空を見つめた。

ここから山と谷をいくつか越えた先に、長水城がある。

道は険しく、細い。

到着まで半日はかかるであろう。それまで落城せずに、宇野勢はふんばっていられるとも思えないが。

「さて、どうしたものか」

直家は長水城が危ういとの知らせを聞いて、急遽、上月城を出陣した。

現在は、長水城と上月城のほぼ中間にある盆地で兵を整えているところだ。この先は険しい地形がつづくため、隊列の乱れはただしておきたい。

状況を整理するのにも適しており、直家は腹心の秀清を呼び寄せて、川の畔で休息を取っていた。

幸い天候はよく、やわらかい日差しが周囲に降りそそいでいる。風も弱く空気も暖かい。

直家は床机に腰を下ろし、向かい合うような形で秀清があぐらをかいて座っていた。

「おぬしはこの情勢、どう見る?」

「なんとも申しあげようがありません」

またも秀清は首をひねった。

「当初の話ですと、織田勢は置塩城で手間取っており、後詰めの兵を繰りだして挟み撃ちにするとのことでした。堅い城ですから、それもよいかと思っておりました」

「ところが気がつけば、置塩城はおろか、長水城にも織田の手が迫っている。どういうことなのか」

「長水城では、櫛田豊前が寝返ったとも聞いております。櫛田は赤松に仕え、これまでも織田と何度となく戦ってきました。宇野政頼も心を寄せていたのに、ここで矛を返すとは。容易には信じられませせぬ」

「儂もそう思う。織田の手がそこまで伸びていようとは」

「櫛田が攻め手に回っては、長水城ももちはしませぬ。おそらく決着がついているのでは」

「ありうるな」

長水城が落ちれば置塩城も危ない。退路を断たれて、毛利、宇野勢は動揺するはずだ。内応する者が出れば、おのずと決着は見えてくる。

「織田は、そこまで考えて置塩城を攻めたのでしょうか」

秀清の言葉に直家はうなって応じた。

「わからぬ。が、姫路の小寺官兵衛は切れ者。織田の支えを受けて、思い切った手を打ったのやもしれぬ」

「できますか」

「結果が示していよう。織田はうまく西播磨に切り込んできた」

思いのほか織田の侵攻は速く、長水城が落ちれば、そのまま利神城、上月城に攻めのぼってくるはずだ。

毛利勢も猿掛城に出て攻勢の準備を整えており、直家の読みより早く、両者は正面から激突することになろう。

「それに巻きこまれるのはかなわぬ。いい按配に双方が傷ついてくれるのを待ちたいところだ。浦上、赤松あたりが、そこに加わってくれると、さらにありがたい」

直家は笑った。

腹黒いのは承知のうえだ。戦国の世を生き残るには、きれいごとだけではやっていけぬ。

宇喜多家は備前の国衆で、守護である赤松家の内紛に乗じて勢力を伸ばした。

祖父の能家は、守護代の浦上家に取り入って戦功をあげたが、当主の浦上村宗が死ぬと没落し、最後は浦上家の家臣に攻められて自害に追い込まれた。

復活をとげたのは直家の代になってからだ。浦上家に再び仕えて有力な国衆を打倒、備前屈指の勢力に成長した。

一時は叛旗を翻したが、武田の上洛を受けて和議を結び、以降は共同で播磨攻略にあたっている。

毛利と手を結んだのは織田が播磨へ再進出してからで、今は小早川隆景の指揮に従って織田との決戦に備えていた。

「共に戦ってはいるが、浦上も毛利も我らの味方というわけではない。織田を前にして、一時的に手を結んでいるだけのこと。なにも我らの兵を減らしてまで、奴らの所領を守ってやることはない。隙を見せるのであれば、かすめ取ってやってもよい」

「では、やりますか」

直家はわずかに間を置いて応じた。

「いや、今はまだよい。織田と毛利、どちらが勝つか、まだわからぬ」

直家は必要とあれば、謀略も辞さない。暗殺、流言、内紛とどんなことでもやってのける。

備前を制する時には舅の中山信正を謀殺しているし、備中の三村家と対抗した時には、秀清と、その弟である修理亮俊通に命じて、三村家親を鉄砲で暗殺した。

わざと内紛を起こして、家中の力を弱めたこともある。ここ数年、浦上家、赤松家の勢力が低下しているのは直家が手を尽くしたからだ。

その気になれば、浦上家を真っ二つに割ること。

「それが、我が家の利になればよいが。毛利にかすめ取られるようでは困る。三村の時はうまくいかなかったからな」

三村家親を暗殺して備中侵攻の足がかりを作ったものの、織田や武田の播磨進出があって、その後はうまくいかなかった。手間取っているうちに毛利が侵攻し、松山城、猿掛城を奪って、備中の大半を制圧されてしまった。

三村家は瀬戸内の海沿いにわずかな版図を残すだけとなり、乗っ取りを目論んだ直家の策も無駄になった。

「織田の攻めに対して、毛利がどのように動くかを見たい。払いのけることができれば、それでよし。負ければ、その時には織田と誼をつなぐことができることを考えればいい。打つ手はいくらでもある」

毛利が役に立たぬのであれば、早々に見かぎる

だけだ。

そのための準備はできている。こちらから織田につなぎは取っていたし、織田からも宇喜多家に使者を送りたいと申し出ていた。その気になれば、いつでも関係は強化できよう。

「長水城は、どうなさいますか。見捨てますか」

「ああ。無駄な兵を使うこともない。ただ、何もしないのでは、手抜きを疑われるからな。一度、攻めたら下がれば……」

そこで蹄の音が響き、騎馬武者が駆けよってきた。直家の家臣で、長水城の様子を探ってくるように命じていた。

「た、大変でございます」

武者は転げ落ちるように馬から下りた。

「お、織田勢が……」

「どうした。織田勢がなんだ？」

「迫っております。明智日向守の手勢で」

彼にできることは頭を下げ、背を丸めながら戦場から離れることだけだった。

七

一〇月二日　猿掛城

軍議の場は重苦しい空気につつまれていた。

絵図をにらむ武将の表情はこわばったままで、その口は一文字に結ばれたまま動かない。視線ですら、一点に固定されたまま動かない。

雨の音が彼方から響くも、誰も気にする様子はない。

「まさか置塩のみならず、長水も失うことになろうとは」

ようやく響いた声も重かった。口羽良通である。

「織田の動きは速いと聞いていたが、まさかここまで来ていたとは」

……


「なんだと？」

直家が立ちあがった時、鬨（とき）の声があがり、川の向こう側に騎馬武者の一団が現れた。

いずれも水色桔梗の指物で、浅瀬を渡って宇喜多勢に迫ってくる。

「馬鹿な。織田勢がこんなところまで」

「御館様、お引きくだされ。危のうございます」

秀清が直家を馬に導く間にも、明智勢は次々と川を渡った。

突然のことに味方は対応できない。

何があったかわからぬまま、槍につらぬかれる武者もおり、川辺は大混乱に陥っていた。

直家は馬に乗ると、明智勢に背を向けて駆け出す。

いったい、どういうことだ。なにゆえ織田勢が、ここまで来ている。いったい何があった。

混乱する直家の頭上から矢が降りそそぐ。

「そこまでとは。考えもしなかったわ」


「なぜ、こうなった？　織田の手勢は少なく、我々は事をうまく進めていたのではなかったか。それが城を失い、兵も痛手を受けた。なぜ、このようなことになったのか」

渡辺小三郎直が顔をゆがめた。

直は、大江山酒呑童子の退治で知られる渡辺綱の子孫で、代々、一文字の諱を名乗っている。

父の通は元就に仕えて重く用いられていたが、月山富田城の戦いで討死した。直はその跡を継いで毛利家の家臣となり、厳島の合戦や門司城の戦いで奮戦している。

毛利家中では武勇の士として知られ、その名は遠く四国、九州でも知られていた。

今回の戦では猿掛城に先行し、本隊の到着と共に上月城に進出することになっていたが、思わぬ形で足止めを受けることになった。

直が口を閉ざすと、再び軍議の場に沈黙がおりる。しばし毛利の将は何も言わずに、絵図だけを見ている。

それを打ち破ったのは隆景だった。いつまでもこのままではいられない。

「我らの心根を見透かされたのでしょうな」

低い声に諸将の視線が集まる。

「このたびの戦、播磨が舞台ということもあって我らは後方に控え、宇野、浦上、赤松勢を前面に押し出しました。我が方で播磨に出たのは、粟屋与十郎と熊谷二郎三郎のみ。手勢も三〇〇〇とかぎられておりました」

「それが不満だったと」

「そういうことでしょうな。我々を盾にして、毛利は我が身を守ろうとしている。あわよくば、播磨、備前の所領を我がものにしようと考えている。そのように疑ったのでしょう」

「内応が多かったのは、そのためか。確かにな」

通良が腕を組んだ。

「情勢がわからぬゆえ、用心深く動いたのが仇となったか」

「正直、下心があったことも、また事実。そのあたりを誰かが煽ったのでございましょう」

小寺考高が中心になったのであろうが、彼だけでは、これだけ大がかりな仕掛けはできない。織田の誰かが手を貸したのであろう。

隆景は自分のうかつさを悔いた。もう少し警戒するべきであったか。

「それにしても、どうやって織田勢は長水を越えて兵を送り込んだのか。あれだけの大軍が動けばわかろうものを」

通良が首をひねった。

「宇喜多勢がやられたのは、上月城にほど近い地と聞きますぞ」

「それも、国衆の心が我らから離れていたゆえであろうな」

隆景は扇子で絵図を示した。

「おそらく、龍野城の近くを抜けてきたのだろう。長水城が落ちていれば、国衆は逃げるので精一杯なはず。我らに知らせるゆとりはないかと」

「されど、龍野には赤松の一党が」

そこで通良が顔色を変えた。

「そうか。あの者たちも織田に通じていたか」

「赤松弥三郎は信長に誼を通じていたことがあり、織田に知己も多いとのこと。そのうちの誰かが調略を仕掛けたのであろう」

龍野赤松家は、先々代が浦上家の者に謀殺されている。恨みは残っているはずで、割り切って戦うのはむずかしいであろう。

実のところ、小寺と龍野赤松の関係にもむずかしいものがあったが、そのあたりは考高がうまく片づけたと見るべきだ。

「戦には加わらぬ。ただ、毛利にも通じぬ。そのあたりで龍野赤松の連中は手を打った。この先も味方になることはあるまい」

「見事な切り崩しでございますな。すでに織田の先鋒は上月城に迫っているとか」

「感心している場合ではございませんぞ。ここで手を打ちませんと、播磨どころか備前にも織田の手が伸びましょう。すぐに我らも出陣を」

若い熊谷元直が吠えた。

顔は真っ赤で、放っておけば、すぐに城を飛び出しそうだ。

「待て。焦って出向いたところで、勝てはせぬ。まずは情勢を確かめねばな」

通良の視線は絵図の上で細かく動く。

「置塩が落ちたのは、間違いないのでございませぬか」

「ああ、すでに知らせが入っている。宇野勢は降り、宇野祐清は捕らえられた。後詰めの粟屋与十郎は、からくも上月城に下がった模様で」

「では、置塩、長水を失い、龍野も敵に回ったと。さすれば、織田の主力は上月城に押し寄せましょうな」

通良の視線は絵図の真ん中で止まった。

「ここをどうするかで、すべてが決まりましょう」

「どうするとおっしゃっても、守るよりないでしょう。上月は要害、近くの利神城とあわせて守れば、たやすく抜かれることはございませぬ」

元直は語気を強めた。

「城が落ちずにいれば、美作から吉川少輔様が味方を率いて播磨に乱入するはず。さすれば、おのずと勝利は転がり込んできましょう」

「なるほど。おぬしの言うことは、もっともじゃ。だが、そこまでする意味があるのか」

「どういうことで？」

首をかしげる元直に通良は淡々と語りかけた。

「播磨を守るために、我らが血を流す必要があるのかと申しておる。

我らにとって第一なのは毛利の家。輝元様を守り、御家を残していくことこそ、家臣である我らがこだわらねばならぬこと。そのためであれば、どんなことでもしよう。

翻って、これまでの戦いを見れば、今のところは国衆と織田の戦いであり、我らにはあまりかかわりがない。播磨を失ったところで、我らの本貫にはかかわりなきこと。正直、ここで織田と和議を結んで、我らが下がっても、なんら差しさわりはあるまい」

「そ、それは……」

「かかわりの薄い播磨勢のために、無理をせねばならんのか。そのあたりはよく考えるべきではないかな」

良通の意見には筋が通っている。

毛利の本貫は安芸、周防、長門であり、そこに備後、石見、出雲、伯耆(ほうき)といった強い影響力を及ぼす国が加わる。播磨、備前や美作は国衆と手を結んでいる程度で、毛利の領土はほとんどない。

戦って得るものは少なく、逆に大きな犠牲を払うことになれば、領国の経綸(けいりん)にも影響が出よう。

毛利の家を守るためであれば、播磨の戦いには手を抜いてもなんら支障はない。だからこそ、これまで前面には立たなかったのであるが……。

「いや、それはうまくない」

隆景が口をはさむと視線が彼に集まった。

「我らがここで引けば、連中はこぞって織田につく。播磨の国衆はもちろん、備前、備中の武士も動くやもしれぬ。さすれば、我らは織田と国境を接することになる。それはいささか厳しい」

「和議を結んでいれば、手出しはしてこないのでは」

「そこまでお人好しではなかろう。つけ込む口実を見つけて、兵を繰りだしてくる。隙を見せれば、たちまちやられるはずで、織田と国境を接するのはうまくない」

毛利も和議を結んだ相手を内応で揺さぶり、隙ができたところで打ち倒してきた。きれいごとを言える立場にはない。

「木家を守るためにも、我らは播磨で踏ん張らねばならぬ」

「ですが……」

「言いたいことはわかる。が、ここは引くわけにはいかぬ」

隆景は声を強くした。

「確たることは言えぬ。が、この織田との戦は、毛利だけではなく西国の国衆、さらには伊予や豊前、豊後の武士も巻きこんだ争いになるように思われる。郡ではなく一国、いや、もっと大きなものをめぐっての戦いが繰り広げられるだろう。

そうなれば、毛利も変わらねばならぬ。御家を守るためには、じっとしているだけでは駄目で、自ら踏みこんで戦わねばならぬ。離れているからかかわりなしとは言えぬ」

各地の大名が力を持ち、複数の国を支配することが当たり前となった。今後、争いはさらに大きくなり、国を越えて全国規模になろう。

世界は大旋回をはじめており、これまでと同じやり方では生き残ることすらできない。

毛利は変わらねばならない。今回は、その第一歩であり、初手から彼らは試されていると言える。

「上月まで踏みこまれたのは意外であったが、それでも播磨から叩き出されたわけではない。策はまだ生きている」

織田が踏みこんでくるのは計算に入っていた。

あとはそれを逆手に取って、喉もとを食いちぎればいい。準備はできている。

隆景は、ふと後ろを見る。

そこには誰もいない。

広島でさんざんに軍議をかき回した覆面の男は、別の役目を与えられて隆景から離れている。

戦は、あの男の読みどおりに進んでいる。織田勢が積極策に出ることも、播磨の国衆が寝返るであろうことも見切っており、そのうえで策を講じていた。

この先もあの男の思ったとおりに動けば、毛利は織田に勝てる。播磨はおろか、京に進撃することも可能だろう。

しかし、なんのためにあの男は織田に挑むのか。個人的なものなのか。あるいは先があるのか。

それが毛利に悪影響をなすようであれば、早々に取り除く必要があろう。

「又四郎様、なにか」

通良に問いかけられて、隆景は我に返った。考えごとをしている場合ではなかった。

「すまなかった。軍議をつづけよう」

隆景がその意志を示すと通良は頭を下げ、自らの意見を述べた。元直がそれに反論し、議論は白熱していく。

隆景は、覆面の男を頭から払いのけながら、目の前の軍議に意識を集中させていった。

八

一〇月二日　豊後臼杵城

板間に腰を下ろすと、丹羽長秀は静かに頭を下げた。

手のつき方、頭の下げ方、どれをとっても教本どおりだ。礼儀作法に則ってのふるまいであり、乱れはまったくない。

東雲色(しののめいろ)の直垂に烏帽子(えぼし)といういでたちも、今日のために用意したもので、礼を失するようなことはない。

相手は大物とはいえ、長秀は公家や寺社の大立者と話をしてきた。天皇のすぐ近くで大役をこなしたこともある。

九州の大名が相手でも、ひるむ必要はない。

「面(おもて)をあげよ」

やわらかい言葉に長秀は少しだけ顔をあげた。

視界の片隅に、バテレン風のいでたちをした男の姿が見てとれる。ふっくらとした身体つきで、上座であぐらをかいていた。

「わざわざ尾張からご苦労であったな」

「いえ。大友様にお会いできるとなれば、たとえ地の果てからでも飛んで参りましょう。お会いいただき、恐悦至極に存じます」

「口がうまいな。それも京都風か」

「本音でございます」

「ふむ。それでは頭が低すぎて、話がしにくい。もっと顔をあげよ」

言われるがままに長秀が顔をあげると、丸顔の武将が視界に飛び込んできた。

髪を剃っていることもあり、全体に顔が大きく見える。頬の肉も多めで顎(あご)には無駄肉が目立つ。

床机に手を置き、身体を傾けて長秀を見る姿は大店(おおだな)の商人を思わせる。

大友休庵宗麟(きゅうあんそうりん)は九州の名家、大友家の実質的な主であり、豊後から豊前、筑前、肥前にかけての一大勢力を築きあげた立役者でもあった。

宗麟は家中を割った内紛を収めて家督を嗣ぐと、周防の大内家と手を結んで北九州の地盤を固め、飛躍のきっかけをつかんだ。

　菊池家、秋月家と戦い、これを滅ぼすと肥後、肥前にまで進出、勢力圏を広げた。

　毛利家とは鋭く対立したし、家臣の叛乱に悩まされたりもしたが、それでも領国は維持し、永禄二年(一五五九年)には九州探題(たんだい)の地位を得ている。

　バテレンの守護者であることも知られており、臼杵(うすき)の湊にはさかんに南蛮船が姿を見せている。教会も寄進し、時には自ら司祭の説教を聞きに訪れるという。

　最近では肥前の龍造寺や肥後の国衆に手を焼いており、一時期ほどの勢いは感じられないが、九州最大の実力者であることは間違いなく、毛利との関係を考えても軽く見ることはできない相手だった。

「ふむ。さすがに京で働く者は違うな」

　宗麟は長秀を見て小さく笑った。

「筋目が整っているように思える。そうは思えぬか、宗鉄(そうてつ)」

「そのあたりはなんとも。手前にはわかりかねますな」

　かたわらに控える僧形の人物が応じた。

　浦上左京入道(うらがみさきょうにゅうどう)宗鉄は宗麟の側近で、常に行動を共にして政への助言をおこなう。内外の情勢に詳しく、西国大名との取次にもかかわっている。

　毛利の安国寺恵瓊(あんこくじえけい)と比較されることも多く、その影響力はきわめて大きい。

　宗鉄が出てきたということで、大友家が今回の顔合わせに力を入れていることがわかる。いきなり本題に入ることもありうるわけで、それは長秀としても望むところだった。

「わざわざ畿内から出てきたにしては、いささか野暮ったいように見えますが」

「手厳しいな。まあ、よい」

宗麟は長秀を見やった。

「さて、では話に入ろうか。丹羽五郎左衛門といえば、儂でも名を知っている織田の重臣。いったい、なんの用があって、わざわざ九州までいらしたか」

「我が主、織田右大臣は大友様と手を組みたいと考えておいでです」

「はて。すでに大友は織田と共に戦うことを誓ったはずだが」

「さようですが、上様はさらにそれを強めようと考えております。情勢が大きく変わっておりますので」

「毛利のからみか」

「それもございます」

長秀は伏見城での軍議が終わるとすぐ、信長から直々に九州へ赴くように命じられた。大友家との関係強化を進める一方で、その内情をしっかり見てこいと言われた。

驚いたが、下知が出たのであれば是非もない。長秀は急ぎ船を仕立て、堺から土佐を経て豊後へと向かった。

途中、土佐の浦戸で長宗我部元親と会い、今後の情勢について語り合った。

豊後に入ったのは一昨日のことで、宗麟との会談は今日になって急遽、決まった。

以前から九州について調べておくようにと言われたが、まさか、このような展開になるとは予想していなかった。

「大友にとって毛利は仇敵。恨みも少なからずございましょう。今、織田家は毛利と播磨で対峙し、戦いを有利に進めております。ここで動いていただければ、織田のみならず、大友にも大きな利がございましょう」

「長門に食い込むことができるか」

「吉川、小早川はいずれも安芸広島を離れております。仕掛けるにはよいかと」

「されど毛利は強大。うかつに手を出せば、痛い目にあおう」

宗鉄が口をはさんだ。その眼光はなんとも鋭い。

「伊予の水軍もおる。海を渡っての戦いは難儀であろう」

「そのあたりは、手前どもが手を貸すことができましょう」

長秀はちらりと後ろを見た。

「こちらに控えますは、同じ織田の家臣で、池田庄九郎(しょうくろう)元助と申す者。この二年あまり、主の命で瀬戸内の水軍について調べ、織田に味方するように声をかけておりました」

「池田庄九郎でございます。以後、お見知りおきを」

信長は畿内に再進出後、水軍を強化するために若手の武将を九鬼嘉隆(くきよしたか)の配下につけ、水軍の基礎を学ぶことができるように手を打った。

元助はその一人で、嘉隆と常に行動を共にし、戦船の作り方から使い方までを身につけた。自ら軍船を率いて、大坂で本願寺の手勢と戦ったこともあった。

元助は池田家の当主であり、そのふるまいを軽率であると言う者もいたが、当人は気にする風情を見せず、織田水軍の発展に尽力していた。

「手前は、以前より塩飽(しわく)の者どもに声をかけておりましたが、このほど水軍の当主より話があり、織田につくと申し出てきました。

先だって使いの者が伏見に現れ、上様に誓紙を出しております。これより塩飽の者は、我らに従って戦うことになりましょう」

「なんと」

宗麟は目を丸くした。宗鉄も驚いたようで、じっと元助を見ていた。

塩飽水軍は鎌倉の御代からつづく海賊衆で、讃岐の本島周辺の島々を拠点として活動している。

南北朝の時代には分裂して相争った。

戦国の御世に入ると細川家、大内家の支配を受けたが、それでも水軍としての独立性は維持し、自存自衛の体制を作りあげていた。

最近では毛利との関係を強化していたが、それも塩飽水軍が独自に判断した結果だった。

それを元助は粘り強い交渉で、織田の陣営に引っ張り込んだ。

塩飽勢は、能島（のしま）村上家とのかかわりで毛利と対抗したことはあったが、瀬戸内の情勢を考えれば、積極的に敵対してもよいことはなかった。

中立を守ることもできたはずなのに、あえて織田についたのは元助の働きがあってこそだ。

さらに元助は、これを足がかりに村上水軍の切り崩しにもかかっていた。すでに来島（くるしま）村上勢を束ねる村上助兵衛（すけべえ）通総（みちふさ）に使いの者を送って、それとなく心情を探っている。

「水軍を失えば、さしもの毛利も思うようには動けないかと」

長秀は静かに先をつづけた。

「先ほども申したように、赤間の関を渡って長門、周防へ攻め入ることもできましょう。あるいは先に伊予に向かうのもおもしろいかと」

「それは確かにな」

「殿、甘言に乗ってはなりませぬぞ」

宗鉄は語気を強めた。

「塩飽の海賊を従えた程度で、大きな顔をされても困る。我らの戦いは海だけでは終わらぬ」

「さようで。敵は多いですな。阿蘇、大村、有馬、伊東と名をあげればきりがありませぬ。ただ、今、もっとも手を焼いているのは龍造寺ではございませぬか」

宗麟の表情がわずかに曇った。宗鉄も鋭い目で長秀をにらみつけている。

龍造寺家は肥前佐賀郡の国衆で、現当主である隆信の代に急速に勢力を伸ばして肥前を統一、さらには筑前、筑後の一部を支配するに至った。

大友家ともたびたび戦い、今山の戦いでは龍造寺が大勝し、宗麟の弟である大友親貞が討ち取られている。

耳川の戦いで大友が島津に敗北すると、隙を突いて筑前にまで進出し、一時は博多を脅かす地まで迫った。

豊前の国衆も龍造寺に通じる者が増えており、大友にとってかなりめざわりな相手だ。

「もし島津と龍造寺が手を組み、共に大友をねらうようなことになれば一大事ですな」

「そのようなことにはならぬ。島津も龍造寺もたいした相手ではない。早々に叩きつぶしてくれよう」

「なるほど。それができればよろしいのですが、簡単でないことは宗鉄殿が一番、ご存知ではありませぬか」

宗鉄の顔が真っ赤に染まった。それでも立ちあがらなかったところは、まだ自制が利いていると言えようか。

「その難敵の始末に織田が手を貸しましょう。毛利の件が落ち着き次第、九州に兵を送り、龍造寺勢を叩きつぶしてご覧に入れます。その際には四国の長宗我部勢も動きましょう。織田の精兵がいかなるものか、つぶさに見てくだされ」

「大言壮語が出たな。毛利勢にも手を焼いているというのに」

「なんの。播磨を落とすまで、さして時はかかりませぬ。三月もすれば、備前はもちろん、毛利の本領である安芸にも味方は迫っていましょう」

長秀の背中を冷や汗が流れる。

大言壮語どころか、なんの根拠もなく、単にはったりをかましているだけだ。

これが、あの羽柴秀吉であったら、もっとうまくやっていただろう。一年で毛利はおろか、龍造寺、島津まで片づけると言ってのけただろう。

それができないあたり、自分は能吏でしかなく、単に秀吉の真似をしているに過ぎない。

「三〇〇〇でも織田の兵を受けいれてくだされば、大局を変えてみせましょう」

「よくもそんな戯言を」

「ほかにも、大友家に役立つ話がございます」

なんとかここまで来た。勝負はここからだ。

「大友様は南蛮とのつき合いに熱心で、直に商いをするべく手を尽くしていると聞きました。船が来るのを待つのではなく、こちらから出向くと」

「うむ」

「ですが、うまくはいきませぬな。船はあっても人はいない。大海原に乗り出しても、どこへ行くのかわからずでは、商いも何もありませぬ」

長秀は語気を強めた。強い思いを叩きつけるようにして己の意見を語る。

「それを織田が差し出すと言ったら、いかがですかな。遠く離れた琉球、呂宋まで赴く法を手前どもが知っていると申しましたら」

「なんだと」

宗麟は立ちあがった。大きく目を見開いて、長秀を見つめる。

衝撃を受けたのは宗鉄も同じで、半ば口を開けて彼と元助を見ている。

驚くのも無理はない。

日の本に南蛮船が姿を見せるようになってからかなりの時が経つが、基本的には向こうの船が日の本に来るばかりだ。

逆の例はない。日の本の民が自ら船を造り、呂宋やその先の見知らぬ海に出たことは皆無だ。

これは船もさることながら、按針(あんじん)の問題が大きい。

南蛮人は星や太陽の位置で船の位置を確認するが、その技術を学んだ者は一人もいない。

南蛮人は頑なに按針の技術を隠しており、聞きだそうとしても口を閉ざし、決して外に漏らすことはなかった。道具を見ただけで、日の本の水夫が斬り殺されたという話もある。

大洋を航海するには、それにふさわしい技術が必要で、それが大きな壁となって彼らの行く手をはばんでいた。

「上様はそのことをずっと気にしておりまして、大洋の按針ができる者を育てておりました。それは武田に敗れ、逼塞中だった頃からつづけていたのですが、それが目に見える形になったのです」

長秀は立ち尽くす宗麟を見つめた。

「先般、堺衆の仕立てた船が琉球、呂宋を経て、堺に戻って参りました。操っていたのは我が国の民だけでございます。すでに二隻目が土佐の浦戸まで戻ってきており、三隻目も呂宋に着いたことが確かめられております。

長い旅で、水夫は按針の法をひととおり学んでおります。その者たちを大友にお貸ししてもよいかと考えています」

長秀が後ろを見ると、元助が横に置いた包みを開いた。

「それは?」

「水夫は、やこぶすたっふと申していました。南蛮の水夫が使っていまして、星の高さから船の場所を知るものです」

彼の示した道具は木製の長い縦棒に、横棒がいくつか十字に合わさった形をしていた。

横棒は自由に動かすことができ、数値が書き込まれており、それを見て船がどのあたりにいるか知るらしい。

長秀も使い方は教えてもらったが、よくわからなかった。横棒の先が海面と水平を保つようにするのがこつらしい。

長秀が手渡すと、宗麟は子供のように木の棒を動かしていた。

「さしあげましょう。使い方もお教えいたします」

「よいのか」

「大友が、呂宋や琉球とつながりのあることは承知しています。明とも密かに商いをしているとか。そのあたりを詳しく教えていただけば、我が殿も喜びましょう」

南蛮貿易を通じて織田と大友のつながりが深くなれば、それに越したことはない。

「南蛮人の手を借りず、我らのみで呂宋やその先にある見知らぬ地を目指すのです。それは素晴らしいことではありませんか」

日の本の民は、新たなる世界を手に入れる。これがその第一歩だ。

宗麟は目を輝かせ、宗鉄も目を大きくして、ヤコブスタッフを見ていた。

その態度が彼らの思いを雄弁に語っている。

手応えを感じつつ、長秀はつづく宗麟の言葉を待った。

第三章　駆け引き

一

一〇月六日　播磨灘

「船だ。船が来たぞ！」

　水夫の声が響くと、すぐさま葉山甚兵衛は甲板を駆け抜け、舳先に立った。

　瞳を凝らすと軍船の一団が見える。

　三〇、いや、四〇はいるか。

　先頭に立つのは関船だ。

　大きさは甚兵衛の関船と、さして差はなさそうだ。幅の狭い船体に、背の低い矢倉が乗っている。帆が見えないところを見ると、水夫が櫂を漕いで動かしているのだろう。

　関船の一団は横に並んで、彼らに迫ってくる。船足が速いせいか、船団の距離はまたたく間に詰まった。

「敵だ。敵だぞ」

　先頭の関船には、一文字三星紋の旗がある。間違いなく毛利家の戦船だ。

　望むところだ。

　この時のために甚兵衛は自分の関船、三国丸を鍛えてきた。真価をはっきりさせるのは、今しかない。

　彼が水夫に声をかけようとした瞬間、右手方向から声がした。

「合戦だ。やるぞ！」

軍船が三国丸に並びかけてきた。

大きさは、およそ一〇間。細長い船体に矢倉を装備している。左の舷側には二〇本の櫓がきれいに並んでおり、掛け声にあわせて水をかきあげている。

関船の但馬丸だ。

三国丸と同じく九鬼の水軍に属しており、これまで何度となく本願寺や三好の水軍と戦ってきた。

俊敏な動きが特徴で、火矢や焙烙玉で敵船を攻めたてる。本願寺の関船を沈めたこともあり、船頭の三太夫は大将の九鬼嘉隆から感服状をもらっていた。

先刻の声は、船頭の高瀬三太夫が出していた。

風が吹く海上なのに、よく響く。それだけ気合いが入っているのだろう。

「先に行かせるかよ」

甚兵衛は小さく笑った。

ここのところ、播磨灘では毛利水軍の動きが活発で、関船や小早が何度も姿を見せ、英賀や坂越の近くまで進出してきた。

味方と小競り合いになることもあり、三日前には二隻の小早が火矢で沈められた。

いずれ本命が来ると見られており、甚兵衛は気を引き締めていた。

そこに来たのが、毛利の大船団だ。

本気であり、ここはなんとしても追い返さねばならない。

甚兵衛は一年前から三国丸の差配を取っており、水夫の癖までしっかりつかんでいる。いかに毛利勢が優れていようと、按針で負けるとは思えない。

「このまま行くぞ。しっかり漕げ！」

甚兵衛が声を張りあげると、その命令が伝わって船の速度があがる。

三国丸には四〇本の櫂があり、それぞれに複数の水夫がついている。水夫は長くて二年、短くとも半年の経験があり、取り扱いに問題はない。

甚兵衛は敵の位置を確認すると、船内の梯子をあがって矢倉の上に出た。

視界がぐっと広がり、彼我の位置関係がはっきりとわかる。

毛利勢は横陣を組んで迫ってきた。

その数はおよそ五〇。

中心は関船だが小型の小早もおり、さながら翼を広げるようにして織田勢に迫っている。

関船の後方には大型の軍船も見てとれる。安宅船で、関船とは比べものにならないほど大きい。濃茶の船体には異様な迫力がある。

整った陣形からも、毛利勢が手練であることがわかる。

一方、織田勢は、船団がひとかたまりになって敵に迫っていた。数は四〇。

甚兵衛の後方には豊田五郎右衛門の率いる安宅船、坂手丸がつけており、これが水軍のまとめ役を務める。

まもなく両者はぶつかる。

海の戦は単純で、とにかく相手の船を沈めればいい。乗り込んで水夫を倒してもいいし、近寄ったところに火矢や焙烙玉を叩きつけてもいい。

動きを封じて船体に打撃を与えれば決着はつくわけで、そのための準備は整えてある。

甚兵衛が甲板を見おろすと、足軽が出てきて火矢を用意しているところだった。

一方、矢倉では鉄砲足軽が火薬と鉄砲玉を銃身に詰めている。

敵軍船との距離は、すでに二町。

潮の流れから見て、彼らが迫り来る毛利勢を迎え撃つ格好になる。

敵の動きが速いだけに、ひとかたまりになっているのは不利なように思えるが、どうなのか。囲まれる前に、こちらも横に陣形を伸ばし、迎え撃つべきではないのか。

甚兵衛は振り返ったが、坂手丸からはなんの指示も出ていなかった。

狼煙もなければ、太鼓の音も響かない。

このまま突っ込むのか。

甚兵衛は唇を噛みしめて、敵船を見つめる。

毛利勢は、さらに陣形を横に伸ばして、織田勢をつつみ込もうとしていた。左翼の先端は、後ろに回り込もうとする勢いである。

「どうしたものか」

甚兵衛が焦ったその時、轟音がして毛利の関船から黒煙があがった。

鉄砲の攻撃だ。

銃声はなおもつづき、まるで雷鳴のように響きわたる。

「こちらは撃たないのか」

坂手丸に目立った動きはなく、織田の船団は一方的に攻撃を受けるだけだ。

「まだか」

甚兵衛は振り向くが坂手丸に動きはなかった。

三太夫も焦れているようで、何度も後ろを確認していた。

不意に風切り音がして、矢倉が妙な音をたてる。

敵の鉄砲玉が命中したのである。

もう耐えられない。

甚兵衛が腹をくくった時、ようやく坂手丸から太鼓の音色が響いた。狼煙もあがる。

攻撃の許しが出た。

遅いようにも思えるが、やるしかない。

「やるぞ。ねらいは先頭の関船だ」

毛利の先鋒は、足軽の表情がわかる距離にまで迫っていた。

　果たして間に合うか。

二

一〇月六日　播磨灘

「遅いわ。引きつけるにしてもほどがあろうて」

　乃美宗勝が見つめる先では、毛利と織田の関船が激しく戦っていた。双方とも進路を変えて、ほぼ同じ方向に船首を向けている。

　距離は二〇間、いや、もっと近いか。

　鉄砲ではなく火矢の応酬だ。

　有利に立っているのは毛利勢だ。

　先手を取ってうまく進路を変えたおかげで、並走に持ち込むことができた。

　放った火矢は、何本も敵船に突き刺さっている。

　織田の関船は距離を置くべく転進をつづけているが、味方はそれを読んで船を寄せつづけている。

「織田があそこまで待つとはな」

　毛利勢が仕掛けても織田の軍船は反撃せず、ただ漫然と突っ込んできた。

　罠ではないかと思ったが、途方もなく近い間合いで仕掛けはじめた時、宗勝は大将が判断を迷っていることに気づいた。

　おそらく、織田勢はここで交戦したくなかったのであろう。今後のことを考え、無駄に船は減らさず、やり過ごすつもりでいた。

　しかし毛利勢は前進し、織田勢が突っ張っても退かないばかりか、逆に陣形を整えて合戦の準備を進めた。

　どうするか迷っているうちに鉄砲の玉が届く距離となり、織田勢は態勢を整えることもできず、合戦に突入したわけだ。

「むこうの大将はできそこないよ。やってしまえ！」

宗勝の声が聞こえたかのように関船が敵軍船に接近し、激しく焙烙火矢を放った。

陶器の筒がゆるやかな弧を描いて、甲板に命中する。激しい爆発が起きて、矢倉の一部が弾け飛び、たてつづけに倒れる。

爆風で吹き飛ばされ、甲板から転げ落ちる者もいた。

焙烙火矢は村上水軍がよく使う武具で、火薬を詰めた陶器を敵船に投げ入れ、その爆発で船体を破壊したり、水夫を殺傷したりする。

火矢と言いながらも手で投げ入れるので、近づかなければ使えない。

織田も真似しているようだが、村上の焙烙火矢は特別製で威力が違う。うまく爆発すれば、関船にも致命傷を与えることができる。

火矢を浴び、矢倉の炎は大きくなる一方だ。動きが止まるまで、さして時間はかかるまい。

宗勝が視線を転じると、今度は味方の小早が織田の軍船に横付けする情景が見てとれた。

小早は小型で動きが速い。その特性を見事に生かして懐に飛び込んだ。

「弘三郎か」

尾上弘三郎良光は宗勝配下の武将だ。

まだ若いが潮を読む才能に長け、赤間の関の戦いでは大友勢を相手に奮戦した。

宗勝の船が攻められた時には、すばやく駆けつけ、火矢で敵を追い払ってみせた。

気が利く一方で、若武者らしい野心もあり、宗勝はなにかと目をかけていた。

今回の合戦でも味方に先んじて前進し、織田の陣形をかき乱した。敵の懐に飛び込み、寄せていく手際も見事だ。

「行け、弘三郎」

　宗勝が声を張りあげると、軽装の武将が声をあげて敵船に乗り込んだ。半槍を振り回し、織田の水夫を倒す。

　弘三郎が自ら飛び込んで戦っている。やはり判断がいい。

　織田勢も反撃に出るが、先手を取られたこともあり、数がそろわない。

　槍をつけるも毛利勢に討ち取られてしまう。

　弘三郎が合図すると、彼の小早から松明(たいまつ)が投げ込まれた。

　たちまち織田の軍船は煙に覆われる。

　燃え広がった炎が全体をつつみ込んだ時、弘三郎は味方を率いて後退した。

　勝負は決した。これであの船は沈む。

「見たか。これが毛利の戦い方よ」

　敵船に乗り込んでの戦いは、毛利水軍の得意技だ。油をばらまいたところに松明を放り投げれば、たちまち船は燃えさかる。

　長年、研鑽(けんさん)しており、織田とは格が違う。正面から戦って負けるわけがない。

「端(はな)からこうしておれば、陸で苦しむこともなかったであろうに」

　宗勝の率いる毛利水軍は、隆景の下知を受けて瀬戸内の豊島(てしま)を出陣、小豆島の北を回って播磨灘に向かった。

　軍船は五〇で、能島村上、因島(いんのしま)村上勢が中心だ。

　毛利勢は、これまで敵の目を陸に引きつけるため、海からの攻撃は控えていた。

　優勢な水軍を生かして攻勢に出れば、長水城や置塩城を失うこともなかった。

　英賀や明石を攻めれば、織田を追い込むこともできたはずだ。なんとも馬鹿馬鹿しい。

「又四郎様は考えすぎよ。つまらぬ男にいいように操られて」

宗勝は、佐吉と名乗るあの男が嫌いだった。

いきなり毛利家に現れて居座り、好き放題に振り回している。

知略に優れるという触れ込みであるが、浦上を味方につけ、美作の国衆をまとめたぐらいでは評価に値しない。準備は整っていたのであるから。

軍議に加わり、したり顔で言いたい放題であるのも気に食わない。

第一、顔を隠したままとはどういうことなのか。後ろ暗いところがないのであれば、堂々としていればよいであろうに。

正直、隆景が重用しているのが信じられなかった。

「あんな奴を使わずとも、勝ってみせるわ」

喚声があがって宗勝が顔をあげると、織田の関船が大きく傾いたところだった。

足軽や水夫が次々と船から飛び降りていく。

火が回って、ついに船が耐えきれなくなった。もはや命運は尽きた。

「よし。このまま押しきるぞ。織田の水軍、恐るるに足らず！」

宗勝が声をあげると、それが聞こえていたかのように弘三郎の小早が前に出て、織田の関船に攻めかける。

敵勢は完全に崩れていて、流れはこちらにある。あとは決着をつけるだけだ。

三

一〇月九日　上月城東方二里

山肌を下って騎馬武者が突き進んできた。

数は一〇〇といったところで、先鋒は小川を渡って味方の横合いに迫っている。

鉄砲を並べる時間はない。

明智光秀は決断を下すと槍を高く掲げた。

「手空きの者は我につづけ。毛利勢を打ち砕くぞ」

おおっと声があがって、織田の騎馬武者が駆け出していく。

光秀もそれに混ざって馬を出した。

敵に鉄砲はなく、騎馬とそれに従う足軽だけだ。最初からのねらいなのか、それともたまたまか。

鉄砲は便利であるが、玉を放つまでそれなりの時間を要する。速さを重んじるのであれば、騎馬のみで仕掛けるのがよい。

それは武田との戦いで思い知らされた。

「行け。ひるむな！」

光秀が声を張りあげるのと、先鋒の騎馬武者が敵勢とぶつかるのは、ほぼ同時だった。

馬の一団が激しくぶつかり合い、声があがる。


槍につらぬかれて、指物をした武者が無惨に落ちる。一方で味方も巧みに馬を寄せ、横から槍を深々と突き入れる。

乱戦で、双方の武者が激しく入り乱れて戦う。

「引くな。敵の数は少ない。勝てるぞ」

光秀は自ら馬を出し、戦いに突入した。

蹄が泥を跳ねあげ、鐙に汚れが広がる。

今朝までの雨で地面はぬかるんでいる。川の近くということもあり、うかつに進めば足を取られるかもしれない。

光秀は神経を使いつつも引くことはなく、自ら槍を振るった。

「おう。そこにいるのは明智日向ではないのか」

太い声に顔を向けると、黒の畦目綴の胸板に同じ色の垂れを身につけた武者が光秀を見ていた。

熨斗型の変わり兜に、前立は小さな三日月である。

「我は毛利家中、粟屋与十郎。まさか、織田の大将がこんなところに出てくるとは。驚きだな」

「黙れ、小僧」

「我らがここで仕掛けてくるとは考えなかったか。ならば、うかつもよいところ」

面当てをしていないこともあり、表情がよくわかる。実に小憎らしい顔立ちだ。

「尋常に勝負」

「ならば、こちらから行くぞ」

元信が槍を構えるよりも早く、光秀は馬を前に出していた。

一息に間合いを詰めて槍を繰りだす。

思わぬ一撃に元信は下がって受けた。

先手を取って、光秀はつづけざまに槍を振るう。

切っ先が肩をかすめ、元信が馬上でふらつく。

「どうした。毛利の侍、この程度か」

「なにを！」

元信は右に馬を出すと、側面から槍を突き出してきた。強烈な一撃で、穂先が兜をかすめる。

乾いた音がして、わずかに頭が揺れる。

光秀は馬を下げつつ、つづく一撃を払いのける。

元信は力まかせに光秀を攻めたてた。拙い(つたな)が手数が多く、うまく応じることができない。

「者ども、織田の大将がここにおるぞ。首をあげて手柄にせよ！」

彼が煽ると武者がいっせいに駆けより、光秀をつつみ込んだ。うまく退路を断たれた。

「その首、もらった！」

元信が咆哮した時、後ろから声がした。

「殿、加勢にまいりましたぞ」

振り向くと、騎馬武者の一群が隊列を組んで毛利勢を突破したところだった。

先頭に立つのは茶の具足をつけた武者で、彼が槍を振るうたびに毛利の足軽が倒れる。

「おお、内蔵助か」

「下がってくだされ、殿。こんな雑魚、手前どもで十分でございます」

斎藤利三は光秀と馬を並べつつ、元信をにらみつけた。

「儂は明智家中、斎藤内蔵助。我が殿をねらうとは不届き千万。その首、ここに置いていけ」

「ほざけ」

元信が横から槍を叩きつけてくると、利三はそれを払いのけて逆に間合いを詰めた。

ぶつかると思ったところで槍を振るう。

穂先は左腕を切り裂いて血が飛び散った。

利三はついで胸をねらうも、これは元信によって弾かれた。

「おのれ、おぼえておれ」

元信は利三と光秀を交互ににらみつけると、馬を返して小川を渡った。

ほかの騎馬武者もそれにつづく。

「逃がさん」

「やめよ、内蔵助。放っておけ」

光秀は利三の背に声をかけた。

「まだ伏兵がいるやもしれぬ。うかつに追ってはならぬ」

毛利勢はまたたく間に山肌を登り、鬱蒼と広がる木々の合間に姿を隠した。

矢がその背に向けて放たれたものの、致命傷を与えるまではいかなかった。

合戦ははじまった時と同じく唐突に終わり、喧噪は消え去った。

「まずは怪我した者の手当てを。かなりやられているはずだ」

光秀は馬を下りて周囲を見回す。

血まみれの兵があちこちに転がっていた。馬に踏みにじられたのか、頭を砕かれた者もいる。

腕を押さえてうずくまっているのは、元信にやられた武者だ。従者が何か声をかけている。

「一〇〇はやられておらぬかと。敵の数は少なかったですし、あっという間に引きあげましたから」

利三も馬を下りて光秀の横に立った。視線は毛利勢が消えた山に向いている。

「いったい、どこから出てきたのでしょうな。あのあたりに道はないはずですが」

「我らの知らぬ間道があるのだろう。地の利は奴らにある。昨日もやられたしな」

織田勢は上月城に迫ったものの、いまだ攻撃をかけるには至らない。毛利勢が細かく仕掛けて、彼らの動きをはばみつづけたためだ。

とりわけ昨日は渡辺直率いる一〇〇〇の手勢が襲いかかり、先鋒の津田信澄勢を襲った。

思わぬ奇襲で大きな痛手を受け、あと少し長岡藤考の到着が遅れていたら、総崩れになったかもしれない。

毛利勢は一〇〇〇、二〇〇〇の手勢で、動きを悟られぬようにして仕掛けてくる。鬱陶しいことこのうえない。

「毛利も、ようやく本気といったところですかな」

利三の表情は渋かった。

「先だっては坂越の湊が毛利の水軍に襲われました。味方の軍船が迎え撃ちましたが、あえなく追い払われたとのことで」

「利神城のあたりでも播磨の国衆が動いている」

「しばらく時がかかりそうですな。一つずつつぶしていくよりないでしょう」

「残念ながら、そうも言っておれぬ」

光秀は利三に顔を寄せた。

「上様が播磨に入った。昨日のことだ」

「なんと」

「毛利攻めが遅れているので、気になったのかもしれぬ。明日にでも姫路に入るであろう。この体たらくをご覧になったら、なんと思われるか」

信長の勘気に触れれば、どうなるか。家中を追われてもおかしくはない。

利三も表情を改めた。

「あいかわりました。上月城の囲みを急がせましょう。手持ちの兵は、すべてつぎ込むよりありますまい」

「頼む。儂は津田七兵衛と話をしてくる」

光秀は馬に乗ると馬を走らせた。自然と気は急いていた。

四

一〇月九日　姫路城

明智秀満が頭を下げていると、濡縁の方角から人の気配がした。ためらうことなく彼らが待機する一室に入ってくると、上座に向かう。

「戦の具合は？」

いきなり声をかけられて、秀満は応じることができなかった。まだ挨拶もしていない。

「どうした？　うまくいっていないのか」

「い、いえ、さようなことは」

秀満は思いきって顔をあげた。

「味方はすでに置塩、長水の城を取り、先鋒は上月城に迫っております。その一方で、長岡兵部(ひょうぶ)様の手勢が北の利神城へ向かい、播磨の国衆を抑えつつ、美作からの敵勢に備えております。万全です」

「であるか」

織田信長は高座に座って秀満を見ていた。その眼光は途方もなく鋭い。

緑の肩衣に白の小袖といういでたちは軽快で、

きちんと結いあがった髷ともよく似合っている。

信長が今日、姫路に来るとは聞いていた。

しかし、なんの挨拶もなく、いきなり軍議になるとは思いもしなかった。儀礼的なふるまいを好まないとは聞いていたが、まさかここまでとは。

これが信長か。なんともすさまじい。

「では、なぜ攻めぬ。手が足りぬか」

「地の利を生かして、毛利勢が連日のように仕掛けてくるのです。城を囲むのが遅れておりますので、今しばらくお待ちを」

「待てぬ。ぐずぐずしているのならば、儂がこの手で上月城を落とす」

鋭い声が軍議の場に響く。信長の覇気は圧倒的で、秀満は口を閉ざしてうつむいた。

「時を与えるのはうまくない。我らが播磨で手を焼いていると知れば、異心を持つ連中が騒ぎ出す。畿内が危うくなるやもしれぬ」


そこで信長は視線を転じた。

「どのあたりが危ういと思うか」

「松永弾正あたりかと。ほかにも三好の残党、紀州の雑賀も気になります。場合によっては、摂津の荒木摂津守も動くやもしれませぬ」

淡々と応じたのは小寺官兵衛だった。信長の強烈な迫力を気にする様子もなく、いつもと同じ口調で語った。

信長はじっと官兵衛を見やった。

「なぜか」

「松永、三好は言うに及ばず。雑賀もまとまっておらず、きっかけ一つで敵に回りましょう。荒木殿は、当人は織田に忠誠を誓っておりますが、ほかの摂津勢が毛利に近く、まとめるのに苦慮しているかと」

「下からの突きあげか」

「さようで。やむにやまれず、敵に回ることもご問われて、考高は間髪いれずに応じた。
「ほかにあるか」
姫路か明石をねらってきましょう」
「別所勢の動きも気になります。手間をかければ、評価を改めざるをえなかった。
まで見抜いているとはすさまじい。秀満は考高の守るため、村重は叛旗を翻さざるをえない。そこ
もし摂津勢を抑えきれなくなれば、自らの身を
いるらしい。
く。播磨に近い山沿いでは、小さな一揆も起きて軍役を軽くするように村重に申し入れていると聞
しかし、摂津衆はたび重なる合戦に不満を抱き、
たこともなかった。
でも家臣を姫路に送り込んでいる。謀叛など考え
荒木村重は信長に忠実に従っており、今回の戦
秀満は驚いた。
ざいましょう」

「ございます。妙な連中が播磨で動いております。
切り崩しを図っているようですが、手際のよさが
気になります」
「気づいていたか」
「畿内でも同様かと」
いったいなんだ。なんの話をしているのか。
「隙は与えぬ。面倒が起きる前に毛利勢を叩いて、
播磨の主が誰であるか、はっきり示す」
信長は高座で立ちあがると、居ならぶ諸将を見
おろした。
「皆の者、よく聞け。儂は手持ちの兵を率いて長
水城に入る。弥兵次、官兵衛、おぬしらはこの城
の留守をまかせるゆえ、しっかりやるように」
「は、ははっ」
「忠三郎（ちゅうざぶろう）」
信長は、かたわらに控える若武者に声をかけた。
蒲生（がもう）忠三郎賦秀（やすひで）。

馬場信春を討ち、近江や尾張でさんざんに武田勢を撃破した勇将である。

その後の二年でさらに成長し、信長の近くにあって各地を転戦している。いまや織田の一翼を支える若武者だ。

「二〇〇〇を与える。日向に手を貸し、上月城を攻めよ」

「ははっ」

「これより我らは、総力をあげて毛利勢を叩く。容赦はせぬ。心しておくように」

強烈な言葉に押されるようにして、秀満は頭を下げる。

断は下された。あとは攻めるだけだ。

五

一〇月一四日　上月城東方一里

「押せ。押し切れ！」

津田信澄が馬上で声を張りあげると、織田の騎馬武者が突撃して毛利勢の左翼を突いた。

声があがって、騎馬武者は敵の長柄衆を崩している。

毛利勢も反撃に転じているが、騎馬鉄砲の一団が陣形を維持したまま鉄砲を放って、突撃を封じていた。

味方は有利に立っている。ここでなんとか勝負を決めたい。

「者ども、ついて参れ。一気に叩くぞ」

信澄は馬の腹を蹴り、戦場へ突入していく。

家臣があわてて抑えようとしたが、それよりも早く馬は冬の原野に入っていた。

信澄が戦っているのは上月城東方の盆地だった。

西播磨は美濃の奥地にも劣らぬ山岳地帯で、兵を進めるには高い山の間をぬう細い道を使うしかない。合戦どころか、開けた場所もさして多くはない。

貴重な盆地は当然、取り合いとなり、これまでも何度となく兵がぶつかっている。

今回もその一つだ。この盆地は上月城に近く、陣所を置くのに適している。なんとしても手にして、城攻めの足がかりにしたかった。

信澄は槍をかざして敵の陣地に突っ込んだ。

足軽が彼の足をねらって槍を突き出してくるが、馬をぶつけて払いのける。

入れ替わるようにして、陣笠をかぶった足軽が迫るが、信澄は容赦なく上から槍を叩きつけて、その頭を打ち砕く。

こんな雑魚に手間をかけている場合ではない。早々に手柄を立てねば、どうなるかわかったものではない。

信長はすでに長水城に入って、軍議をおこなっていた。話し合いの内容はわからないが、滞っている状況を見れば、おおよその見当はつく。

そもそも、信長がわざわざ播磨に入ったという事実が、その心情をよく表している。

失敗はできない。下手な戦い方をしようものなら、間違いなく勘気に触れる。

信長は過去を見ない。今、何ができるかだけを評価しており、無能だと思われたら、そこで終わりだ。

「どけ！」

足軽を薙ぎはらって信澄が進むと、目の前には南蛮具足を身につけた武将が現れた。馬上から信澄をにらみつける。

「儂は毛利家中、須田善兵衛（すだぜんべえ）。ここから先は行かせぬ」

「邪魔をするな。儂がほしいのは大将の首のみ」

「おぬしのような小僧が首を欲するなどとは、おこがましい。ほしいのであれば儂を倒してから行くのだな」

言うなり、善兵衛は槍を突き出した。

強烈な一撃を信澄は横にかわす。

善兵衛が槍を引くと、それにあわせて信澄は前に出て、自らの槍を振るう。

さっと馬を下げて、善兵衛はかわす。

信澄はさらに槍を突きたてるも、すべてよけられてしまう。

「どうした。手ぬるいな」

善兵衛は馬を寄せ、手を伸ばせば届きそうな距離から槍を突き出す。

穂先が顔をかすめて面当てが飛ぶ。

つづく一撃は、信澄の頬をかすめる。

痛みを感じる間もなく、信澄は槍を振りおろす。

それを読んで、善兵衛は下がってかわす。

思いのほか強敵だ。善兵衛は戦巧者らしく、こちらの動きを読んで攻めたててくる。

信澄の対応は後手に回り、追い込まれている。

このままではやられる。

「その首、もらった」

善兵衛が槍をかざすのを見て、信澄は思い切って馬を下げた。

「逃げるか」

敵が勢い込んで間合いを詰めてくる瞬間をねらって、槍を放り投げる。

思わぬ一撃に善兵衛は目を丸くする。

直後、穂先が喉の下をつらぬき、勝負は決した。

毛利の将は血で具足を染めながら大地に落ちた。

信澄は馬を下り、槍を引き抜いた。

善兵衛は天を見あげたまま絶命していた。

危ないところだった。少しでも決断が遅れていたら、地面に倒れていたのは自分だった。強敵を倒すことができたのは、運がよかったからだ。

家臣に善兵衛の首を取らせている間に、信澄は馬に乗る。

左手前方から声がする。

顔を向けると、織田勢と毛利勢が激しくぶつかるところであった。

味方の旗印は、白地に鶴。蒲生賦秀の手勢だ。

六

一〇月一四日　上月城東方一里

味方の軍勢が崩れていた。

さながら波に押されているかのようで、騎馬も長柄の足軽も陣形をたもつことができず、すさまじい勢いで下がっていた。

「いったい、どうなっている？」

粟屋元信が視線を凝らすと、味方を崩しているのは一〇〇騎に満たない騎馬武者だった。

槍のように突き進み、味方を手当たり次第に薙ぎはらっている。

その先頭に立つのは、黒の南蛮具足に黒の柄の槍を持つ武者。

黒の兜に、前立は金の日輪。

知っている。あれが蒲生賦秀か。

賦秀が槍を振るうたびに、足軽がなぎ倒されていく。槍を突きたてる余裕もない。

播磨の国衆が立ちはだかったが、あっという間に首を飛ばされて、その場に崩れ落ちる。

「化物め」

とうてい人の所業とは思えない。

元信は馬を駆って、崩れゆく味方に逆らって前へ出た。

「蒲生賦秀、我が相手よ」

元信は槍を構えた。

「我は毛利家中、粟屋与十郎。尋常に勝負」

「置塩城で負けた武者が何を言っておるか」

声がして、賦秀の横に茶の南蛮具足を身につけた武者が現れた。年は三〇歳ぐらいだろうか。血走った目で元信を見ている。

「我は摂津有岡の星野左衛門。毛利の弱虫など、儂の手で成敗してくれる」

「邪魔をするな。儂の相手は蒲生賦秀のみ」

「できるものならば、やってみるがよい」

星野は元信に迫る。思いのほか速いが、動きは単純で読みやすい。元信は槍の一撃を払ってかわすと、懐に入り込む。

星野は下がってかわそうとしたが、その時には横にふるった穂先が首筋を切り裂いていた。

血が吹き出して、星野の目から輝きが消える。

元信は、相手の身体が傾いたところで視線を切った。決着はついた。

「次はおぬしだ。蒲生賦秀、来るがよい」

賦秀は馬上で動かなかった。ただ、元信を見ているだけだ。

「では、こちらから行くぞ」

元信は馬を寄せて突きを入れる。

完璧な頃合いで、穂先は首筋をつらぬくはずだった。

だが、その寸前でいなされた。

さながら虫を払うかのような手つきで、まったく力は入っていなかった。

「おのれ!」

元信はつづけざまに仕掛けるも、そのすべてが身体に届く寸前で払われてしまった。

馬の位置を変えても、槍の角度を変えても同じだ。まったく通用しない。

元信の魂は冷える。

いったいなんだ。なんだというのだ。

まるで手応えがない。人ではなく、壁と戦っているような感覚だ。まったく槍が届かない。

化物という言葉すら生ぬるい。別の世界に住んでいる何かであるように思える。

「くそっ！」

自棄（やけ）になって元信は馬を寄せた。

このまま飛びついて馬から落とし、組み打ちにするしかない。

身体をぶつけての戦いなら、あるいは……。

元信が腕を伸ばしたその時、強烈な衝撃が来て、袖が吹き飛ばされた。

ついで前立の角が消える。


いつ、やられたのか。穂先がまったく見えない。

賦秀と視線をあわせた瞬間、元信は背を向けて逃げ出した。

恐怖を抑えきれない。

駄目だ。あれは違う。

鬼か、邪か。どちらにせよ、人の手に負えない。

まともに戦ったら、一瞬でやられる。

元信は脇目もふらずに逃げる。

ようやく落ち着いて振り向くと、賦秀の手勢が味方を突き崩しながら、背後に迫っていた。

「鉄砲だ。鉄砲を並べよ」

元信の声に、鉄砲足軽が前に出て列を組んだ。

五〇の銃口が賦秀に向く。

「これならば止められる」

鉄砲の玉ならば、妖怪であろうが化物であろうが、なんとかしてくれるはずだ。

これで、流れを変えられる。

元信が前線をにらんだ時、突如、黒の騎馬武者は動きを止めた。

左右に散ると新しい騎馬武者が現れる。

武者は賦秀の前に並ぶと、馬から下りて横列を組む。

「騎馬鉄砲！」

あやつは、単なる武辺者ではないのか。鉄砲まで使えるのか。

賦秀が右手を振りおろすと轟音が響いて、味方の鉄砲足軽が倒れた。

なんてことだ。こちらの鉄砲玉が届かぬところから仕掛けてくるとは。

織田の鉄砲が優れているのか。

それとも賦秀の魔力か。

元信は震えを懸命に抑えつつ、味方に新しい下知を下した。今は下がって態勢を立て直すよりなかった。

七

一〇月一五日　美作国英田

息子の馬が駆けよってくるのを見て、吉川元春は馬を下りた。

「どうだ、様子は」

「うまくありませぬ。味方は上月城まで押し込まれて、身動きができぬようです。利神城へつながる道も遮られて、後詰めも出せぬとのことで」

「馬鹿めが。ちょっと織田が押し込んできたぐらいで浮わつくとは。挟み込めば、一万や二万の手勢は押し返せたわ」

「うまくやられたようです。長水城で櫛田豊前が寝返ったのも痛かったですね」

置塩城、長水城が早々に陥落したため、上月城の防御を固める時間がなかった。それは認めるが、あまりにも簡単にやられすぎだ。

「上月城は一万五〇〇〇の手勢に囲まれておりまする。対する味方は六〇〇〇。いささか厳しいかと」

吉川治部少輔元長は顔をしかめた。

元長は元春の長子で、月山富田城の合戦で初陣を飾った。その後、尼子との戦いで何度も戦功をあげて、元就からもお褒めの言葉をかけられた。

播磨でも小寺勢と戦い、一時は姫路城下まで迫った。

武田勢と小競り合いを起こした時には、武田信頼と雌雄を決するつもりで陣頭に立っていた。

今回の戦では元春に従って、備中から美作に入って播磨攻めの準備を整えている。頼りになる勇将と言える。

「粟屋元信が手傷を負ったとも聞いております。織田勢の勢い、なかなかと」

「余計なことを考えているからだ。手持ちの兵をすべてつぎ込んでおれば、姫路は我らの手に落ちていた」

元春は二万の手勢を率いており、これに上月城の一万、さらに播磨の国衆が加われば、余裕で姫路の小寺、織田勢は打倒できた。

元春はいつでも出陣できると隆景に伝えていたが、返答はいつまで待っても来なかった。

ようやく情勢がつかめたのは、焦れて美作と播磨の国境に近づいた頃合いだった。

元春は元長を伴って斜面を登った。

眼前には冬枯れの山々が連なっている。灰色の大地は、はるか彼方まで切れることはない。

元春は切りたった崖の上に立つと、南の山を見つめた。

「上月城は、あの先か」

「さようで」

「ひとっ飛びにできれば、織田の後方を突くこともできるものを」

「焦ることはないかと。叔父上も策を講じておいでです。織田の急所を突けば、勝利は嫌でも転がり込んできましょう」

「それが賢(さか)しいと申しているのだ」

　隆景は織田に勝つため、これまでになく複雑な策を凝らしている。あまりにも細かいので、元春には全貌がつかめぬほどだ。

「そこまで入り用か。今の織田ならば、毛利の総力で叩ける。ひとたび我らが有利に立てば、但馬や丹波の者どももなびこう。つまらぬ策を考えているぐらいならば、攻めたほうがよい」

　元春の語気は荒くなる一方だった。

「水軍もあえて引いたのであろう」

「はっ。そのように知らせが入っております」

　毛利水軍は坂越の湊の沖合で織田水軍を撃破したものの、その後は積極的に動くことなく、反撃を受けて豊島に下がった。

　英賀の焼き討ちぐらいはできたはずなのに、それもやらなかった。

　いいように織田にやられ、黙ってそれを見ているだけのように思える。

「あの佐吉とか申す男を重用しているのも気に入らぬ。あんな流れ者、どれだけ信じられるのか」

　元春は、最初から佐吉が気に入らなかった。賢しい話を聞くたびに、斬り捨ててやりたいという衝動に駆られていた。

「手前も気に入りませぬ。毛利に仇なすようにしか見えませぬので、早々に取り除くべきかと」

　元長は、そこで容色を改めた。口元には若武者らしからぬ厳しさが漂う。

「されど織田が手強いことも、また事実。一度の勝利で、どうにかできる相手ではありませぬ。

堺衆も味方についておりますので、負けてもたやすく立て直してきましょう。倍の兵で攻めてこられたら、父上といえども手間取りましょう」

「それは、確かにな」

「なにより織田右府は、あの信玄を倒しております。なんらかの詐術を凝らしたとは思われますが、武田勢を打ち破って、尾張を守りとおしたのは間違いなきこと。その勇名は全国に轟いており、侮るのは危ういかと」

　信玄が名将であることは以前から知られており、上洛を終えたところで、もはやかなう相手はなく、どのような状況にあっても信玄が出てくれば、武田家は勝利すると誰もが考えていた。

　それを信長はひっくり返し、見事に勝利した。

　おかげで信長の評価は急上昇し、それまで無視していた勢力も味方につくようになった。丹後の一色家や但馬の太田垣家が、その代表である。

「正直なところ、あの信玄が負けるとは、まったく思いませんでした」

　元長の表情は沈痛であった。

「京で対面した時の威圧感は、今でもおぼえております。上洛を祝するための使者として、二条城で顔をあわせたのですが、まともに話ができませんでした。

たいしたことを語っていないのに、気圧（けお）されるのです。腹の底がまったく読めず、武将としての格が違うことを思い知らされました」

「そうであろうな」

「認めるのは腹立たしい話ですが、信長の力は認めざるをえませぬ。なにとぞ、油断のなきよう」

「あいわかった。おぼえておく」

　元春は視線をそらし、彼方の空を見あげる。

　確かに織田は強い。尼子や大内、陶といった、これまでの敵に匹敵するか、それ以上の実力を有しており、警戒は当然だ。

だが、気にしすぎて、弱気になるのもうまくはない。

織田信長とて怪物ではない。

斬られれば血を流すし、首を落とせば死ぬ。ただの人だ。

ならば、どこかで倒せる。

味方を集め、厳しく攻めたてれば、隙は必ずできる。そこを全力で押せばよい。

そのための準備はできた。今は深く考える必要はなかろう。

「参るぞ。織田勢は目の前じゃ」

返事を待たずに元春は斜面を下る。

国境を越えれば上月城で、織田勢の先鋒とすぐにぶつかる。

「目にものを見せてくれよう」

八

一〇月一五日　土佐岡豊城

長宗我部元親は高座に腰を下ろすと、目の前の男たちを見やった。

どちらも頭を深く下げている。

一方は僧形で、髪もきっちり剃っている。肩幅はあまりなく、鍛えているという印象はない。

もう一方は、灰色の肩衣に同じく灰色の頭巾といういでたちだ。

小男であり、とうてい武将とは思えぬが、登城してきた時には刀を差していたという。

大国からの使者にしては、いささかもの足りなく思えるが、果たしてどうか。

長宗我部が顔をあげるように命じると、二人はって身体を起こした。

僧形の男は思いきり顔をあげて、元親を見やった。無礼と思えるふるまいであるが、遠慮がなかったせいか、かえって清々しく見える。

もう一方の男は対照的に卑屈な態度で、あくまで上目づかいで元親を見るだけで、視線をあわせようとはしなかった。

覆面で顔が隠されているので、表情はよくわからない。覇気も感じられず、放っておけばどこかに消えてしまいそうに思える。

いらだちを感じながら元親は口を開いた。

「遠路はるばるご苦労であった。儂が長宗我部家の主、土佐守元親である」

「こうして話をする時をいただき、恐悦至極に存じます。手前は安国寺恵瓊。こちらに控えますは、毛利家家中の佐吉と申す者。以後、よしなに」

恵瓊については、元親もよく知っている。

安芸武田氏の一族に連なる者で、主家が没落後、安国寺に入り修行した。

その後、京の東福寺に入るが、その際、毛利元就との知遇を得て、家臣に近い扱いを受けるようになった。

顔の広さを生かして、早くから周旋役として活躍しており、京の将軍家や三好家、さらには公家や京の寺社と毛利家の間をうまく取り持った。

浦上や宇喜多を味方に引っ張り込んだのも、恵瓊の働きがあったからと言われている。

五〇を過ぎているようだが、衰えはまったく感じられない。さすがに本物だ。

一方の佐吉と名乗る人物は、見たことも聞いたこともなかった。姓を名乗らないのも気になる。

恵瓊が伴うのであるから、身分の低い者とも思えぬが、何かが引っかかった。

恵瓊は型どおりに挨拶すると、世間話をよそおって西国の情勢を語った。元親も知っている話が多かったが、それでも興味を引かれた。

「伊予河野家は、このところ兵の勢いが衰えていますな。家中がまとまりを欠いており、一揆を抑えることもできぬようで。面倒でございますな」

「ほう、それは気の毒だな」

河野家は長年、伊予の守護を務めた名家であるが、現当主の通直（みちなお）が家督を嗣ぐ頃には、すっかり勢力が衰えていた。

小早川隆景の意向が家政に強く反映されており、実質的に毛利の家臣と呼んでもよかった。

元親は阿波を攻める一方で伊予にも調略をかけ、河野の足元を切り崩している。

先刻、恵瓊が語った一揆も、元親が背後で糸を引いていた。そのあたりはすべてわかっているはずなのに、なぜ話題にするのか。

正直、恵瓊が踏みこんできたことに、元親は驚いていた。どうやら今日の話し合いは、単なる顔つなぎではなさそうだ。

「これも戦国の世ゆえ、致し方なきこと。手前どもも、このように申してはなんですが、多くの名家を倒して今の所領を手にいたしました。

土地を守る力がなければ奪われる。味方を守る力がなければ離反される。そういうことでございましょう」

恵瓊の発言は過激だった。まるで河野家を見捨てるかのようではないか。

元親は真意を測りかねた。

そもそも、恵瓊の来訪からして異例であった。

申し入れがあったのは半月前で、元親が返事を出しあぐねている間に、恵瓊は海を渡って讃岐に入っていた。

許しがあれば、すぐ土佐に入りたいとの知らせがあり、元親が認めると、あっという間に国境を越えて長浜の慶運寺に入った。

恵瓊はすぐに会談を求めたが元親は応じず、様子を見た。

結局、いつまでも待たせてはおけないとのことで、今日の会見に踏み切ったのであるが、いまだに意図を図りかねていた。

そもそも、長宗我部は織田と手を結んでおり、毛利は敵である。

元親が二人を引っ捕らえて、信長に差し出しても、なんら不思議はない。

ここで腹を探ってもよいが、恵瓊ほどの人物ならば、たやすく本音は語るまい。

何を考えているのかわからぬが、無駄に時をかけてはいられない。ならば、ここは勝負に出るべきであろう。

「どうも儂は無学でな。禅問答めいた、まわりくどい話は苦手よ。好きに話をさせてもらうが、よろしいか」

「無論で」

「では聞こう。何をしに来た」

元親は切り込んだ。

「毛利の重臣がなにゆえ敵地に乗り込んできた。そのわけを聞かせてもらおうか」

直截な問いにも、恵瓊は表情を変えなかった。小さく笑ってから静かに笑って応じる。

「ご挨拶、という言い訳は通らないでしょうな」

「当然だ」

「では、こちらも本音で語りましょう。土佐守様には織田から離れて、我らについていただきたい。さすれば、伊予の大半をさしあげましょう」

一気に恵瓊は踏みこんできた。どうやら、これは本気らしい。

「どういうことか」

尋ねたのは、かたわらに控えていた戸波(へわ)親武だった。元親の頼みで、この会談に立ち合っている。

「我らが長きにわたり、織田に味方していることは承知しているはず。それを切って、おぬしらに手を貸せというのか」

「さようで」

「その言い様はなんだ。いきなり……」

元親は親武を制すると、恵瓊を見つめた。

「御坊はすべて承知のうえで話をしている。争っても仕方がない」

「は、されど……」

「よい。では、恵瓊殿に尋ねる。我らが毛利に味方して、なんの益があるのか。伊予をくださるというが、河野はどうするのか。また、我らは阿波の三好と戦っており、そのあたりはどうするつもりなのか。三好と毛利は手を組んでいよう」

元親は目を細めた。

「気になるところが多すぎよ。本当に毛利の殿は我らと手を組みたいのか」

「それはもう、十分に考え抜いたうえでのことで」

「土佐守様が気にしているのは、織田の強さではございませぬか」

いきなり低い声が響いた。視線を転じると、佐吉がわずかに顔をあげて彼を見ていた。

陰湿な眼光で、わずかに視線をあわせただけで気分が悪くなった。

「織田は強く、今のままならば三好や毛利を叩きつぶして、西国をすべて取るであろう。ならばそれに従い、長宗我部家は四国を取るべきだ。そのようにお考えではないですか」

「…………」

「ですが、それは二つのところで間違っております。一つは、織田がいつまでも土佐様の味方ではないこと。三好、毛利を倒せば、その目が四国に向かうことは必定。その時、土佐守様は織田と戦いますか。いえ、戦えますか。

　たとえ四国を制していたとしても、力の差は歴然。かなわぬとなれば、言うことを聞かざるをえませぬ。せっかくの所領も奪い取られ、土佐に押し込まれるやもしれませぬ。それでよいので？」

　元親は反応しなかった。目線を合わせることなく、話のつづきを待つ。

「もう一つは、織田にも弱みがあることです。武田を倒して所領を取り戻したばかりか、播磨、但馬に進出し、むしろ勢力を広げている。

　見事な覇業でございますが、それ支える将は案外に少ない。森可成、佐久間信盛（のぶもり）、塙直政（ばんなおまさ）が討死し、羽柴秀吉も消えた。残るは柴田、丹羽、滝川、明智程度。これではとうていもちませぬ」

「だが、右府殿がおられる。あの方がいれば、織田はいくらでも伸びていこう」

「逆に言えば、右府さえ取り除いてしまえば、一気に崩れましょう。それは土佐守様もわかっているはず」

「…………」

「毛利勢は、織田を突き崩すべく総力をあげております。まもなく、その成果を見せることができましょう」

「謀殺か」

「さて、いかがでしょうか」

　佐吉は顔を伏せた。

　織田を支えるのは、信長の強さだ。それをとりのぞけば内側から崩れよう。

　それはよくわかっているが……うかつに乗るわけにはいかない。これが離間の計であることもありえる。

「では、聞こう。おぬし、織田のこと、どの程度知っておるのか」

「すべてを。調べは尽くしております」

元親は織田の内情に対する問いをいくつも出したが、そのすべてに佐吉は応じた。

予想を超える詳しさで、そこには元親の知らない朝廷との関係や寺社との裏取引もあった。

親武も質問したがなんなく応じ、むしろ逆に彼がひた隠しにしていた戸波家と織田のかかわりも語ってみせた。

元親は心が冷えるのを感じた。

これは尋常ではない。

「おぬし、いったい何者だ？　いったいどこから流れてきた？」

元親の問いに佐吉は顔を伏せて応じた。

「素性についてはご勘弁を。ただの佐吉ということでお願いいたします」

ここまで織田の内情に詳しい者となればかぎられる。信長に近く、それでいて、最近、消息が絶えたと者といえば、思い当たる人物はかぎられる。

元親はしばし間を置いた。

尋ねてみてもおもしろいが、望む答えが返ってくるとは思わない。ならば……。

「あいわかった。おぬしたちの話、おもしろく聞かせてもらったが、これほどの大事となれば、にわかに応じることもできぬ。しばし、考える時をいただきたい」

「どの程度で」

恵瓊の問いに元親はためらうことなく応じた。

「一両日で」

「でしたら、手前どもは待たせていただきます」

恵瓊と佐吉は同時に頭を下げた。

元親としては、すぐに織田と離れるつもりはない。恩義もあるし、実力も感じている。

しかし、先のことを考えれば、毛利の申し出も無下にできない。伊予が切り取り放題というのもおもしろい。

果たして、毛利が織田をどのように追いつめるか。まずは、そのあたりを見極めるべきだろう。

元親は恵瓊に話しかけた。聞かねばならぬことは数多くあった。

九

一〇月一五日　摂津伊丹城下

ちょうど宿坊を出たところで声をかけられて、山県昌景は振り向いた。

「おお、おぬしは」

「お久しぶりです、駿河様。ようやく追いつきました」

若武者は昌景に駆けよると一礼した。

山吹色の小袖に、濃緑の袴といういでたちがよく似合っている。身体には無駄な肉がなく、鍛えていることがよくわかる。

高坂源三郎昌定である。

若いが知勇兼備の将として期待されており、今は甲府で信頼の側近として働いていた。

その昌定が、なぜ伊丹に来ているのか。

「何かあったのか」

「父上からです。いろいろとありまして」

昌定は書状を懐から取りだした。

嫌な予感に駆られながら、昌景は一読する。途中で、つい声が出た。

「北条が動いたか」

書状には、駿河で北条勢の動きが活発になっており、急ぎ昌景に帰国してほしい旨が記されていた。

「真篠（まじの）の城に攻めよせてくるとはな」

「信濃でも兵が動いています。真田左衛門尉（さえもんのじょう）様が今は防いでおりますが、相当に苦しいかと。佐久勢の離反も目立ちます」

これを伝えるために昌景を追ってきたのか。確かに大事ではある。

「駿河様、甲斐にお戻りください。武田は存続の危機を迎えております。できれば今すぐに」

「いや、それはできぬ。危うい今だからこそ、織田に支援を求めねばならぬ」

もはや武田単独で甲斐、信濃を支えることはできない。支援が必要であり、それができるのは織田だけだった。

昌景が信頼の許しを得て伏見に向かったのも、武田の家を救うという思いがあってこそだ。

途中、信長が播磨に向かったことを知ると、昌景も西に下り、ようやく伊丹にたどり着いた。

「もう少しで追いつく。ここまで来て帰るわけにはいかぬ」

「されど……」

「わかっている。たとえ信長に会うことができても、うまく話をまとめられるとはかぎらぬ。我らはあまりにも因縁が深いからな」

武田が織田に恨みがあるのと同様に、織田もまた武田には口にできぬ思いがあるはずだ。遺恨がたやすく消えるはずはない。

それでも昌景は織田に頼るべきと考えていた。

甲斐からの道中ではっきりしたが、情勢は激しく動いており、もはや東国、西国の区別を問わぬ時代に突入している。西国のちょっとした事件が東国に深くからむことも多い。

武田の危機は、織田の覇業に間違いなく影響する。それを理解すれば、正しく動く。

信長とは、そういう人物だ。

「おぬしは戻れ。儂は播磨に行く」

「危のうございます。播磨は合戦の最中で」

「儂の生涯は戦まみれよ。今さら、どうということはないわ」

「では、手前もお供します。駿河様だけを播磨に送るわけにはいきませぬ」

「あいわかった。時が惜しい。ついて参れ」

昌景は宿坊に一礼すると、山門へつながる道に足を向ける。

播磨で信長に会う。それだけが彼のやるべきことで、迷っている時間はなかった。

第四章　西方への進撃

一

一〇月一八日　上月城

光秀が顔を向けた時、ちょうど空堀に大きな石が放り込まれたところだった。

大きな塊が五つ、六つと斜面を転がって、足軽を薙ぎはらう。

悲鳴があがり、織田勢に動揺が広がる。


「下がるな。下がってはならぬ」

光秀は声を張りあげた。馬を降りると槍を振って自らの足で前に出る。

「ここが勝負どころぞ。なんとしても城門を打ち破るのだ」

光秀の鼓舞で織田勢は落ち着きを取り戻し、再び空堀を越えた先に顔を向けた。

城門は固く閉ざされており、行く手を遮っている。ここを突破しなければ、未来はない。

光秀の率いる一万五〇〇〇の兵は、三日前から上月城の攻略に取りかかっていた。

最初の攻撃で大手門を破り、本丸につづく道を確保したが、その後は毛利勢の反撃にはばまれて思ったように進むことができずにいた。

敵の守りは堅く、石垣や土塁を巧みに組み合わせて曲輪を築き、鉄砲や弓矢、石礫（せきれい）、燕尾炬（えんびきょ）で絶え間なく反撃している。

上月城は峻険な山地にあり、井楼のような攻城具は投入しにくい。

城を落とすには鉄砲や弓矢で敵を牽制しつつ、梯子を使って土塁や板塀を越え、城内に突入するよりなかった。切札が届くまでは、地味な戦いに徹するしかない。

「進め！」

足軽大将が声をあげると、身を隠していた足軽が切りたった斜面を登りはじめる。

それを助けるため、鉄砲が激しく射かける。

銃声が轟いて、毛利勢が頭を引っ込める。

立てつづけの攻撃で敵は動けず、ついに先鋒は空堀を越えて板塀にたどり着いた。

わっと味方の喚声が響いたところで、今度は敵の曲輪から銃声が響いた。

たちどころに足軽が倒れて、空堀に落ちていく。

「奥の櫓か」

上月城の城門は急な斜面の上にあり、曲輪の内部を確認することはできない。櫓があることはわかっていたが、それがどのような形で、どこを向いているのかはっきりしなかった。

おそらく這い上がってきた足軽をねらえる場所にあるのだろう。目立たず、それでいて敵だけをうまく攻撃できるように工夫されていると見た。

「うまくない」

近江の観音山城を攻めた時も、これほど苦戦しなかった。上月城はきわめて堅牢で、突破は容易ではない。

小寺考高の策がはまればなんとかなるだろうが、それには時間がかかる。少なくともこの城門までは、光秀が自力で突破しなければならない。

「一度、下がるか。それとも……」

光秀が迷ったところで、使番が姿を見せた。道が細いので馬を使わず徒士である。

「申しあげます。件（くだん）の大筒、ようやく到着いたしました。運び上げ次第、城門を叩きます」

「おう、来たか。待っていたぞ」

光秀が道を下って待っていると、大きな荷車が姿を見せた。六人の足軽が懸命に引いている。

台に乗っているのは、巨大な鉄の筒だ。

大きさは三間で、太さは一尺。青銅製で途方もなく重く、一人で運ぶことはできない。

色は緑で、筒の中央には鳥の羽を思わせる彫り物が刻まれている。先端には大きな穴が穿（うが）ってあり、なんとも言えぬ威圧感を漂わせている。

これが今回の切札、堺で購入した仏狼機（フランキ）だ。天竺（てんじく）で作られ、南蛮船で堺に運び込まれた。

巨大な鉄砲で、筒の後ろにある開口部から玉と火薬を詰め、火縄を使って放つ。

玉の重さは一貫目ほどで、命中すれば城門も打ち砕く。

光秀も堺で試し撃ちに立ちあったが、板塀どころか、石垣すら崩す威力には驚かされた。

本来ならば、平地で固定して使う武具であったが、今回、あえて上月城攻略に持ち込んだ。

「やるぞ。ねらいはあの城門だ」

光秀が指示を出すと、足軽が一〇人がかりで仏狼機を下ろした。

近くには砲を置く応急の台座が築かれており、足軽は大将の指示に従って、ゆっくりと仏狼機を下ろす。

正直、こんな荒っぽいやり方で玉が当たるとは思えない。無駄玉を放つだけで、城門を破壊できるかどうかは疑問だ。それでも信長は仏狼機を持っていくように命じたし、光秀も同意した。

仏狼機は毛利勢も見たことがないはずで、途方もない威力を知れば驚くだろう。

それに放った時の鐘の音を思わせる轟音。あれを聞けば誰もが動揺する。

その隙を突けば、城攻めを有利に進めることができる。考高の策も効いてくる可能性が高い。

きっかけを作るには、仏狼機のような武具はきわめて効果的だった。

「玉を込めました。いつでも撃てます」

足軽大将の言葉に光秀はうなずいた。わずかに間を置いてから、槍を振りあげる。

「放て！」

山をゆるがす途方もない低音が響く。それは戦いの流れを大きく変えた。

二

一〇月一八日　上月城北方

吉川元春は城の方角から響く異音を聞いて、顔をしかめた。これで何度目だ。四度目か、五度目か。

あんな音は聞いたことがない。いった、なんだというのだ。

「父上、あれはいったい……」

元長が馬を寄せてきたので元春は叱りつけた。

「ええい、織田のはったりにごまかされるな。鉄砲か何かであろう」

「されど、あのような大音、聞いたことがありませぬ。もしかすると、織田は新しい武具を持ち出したのでは」

「うろたえるな。音だけなら恐るるに足らず。落ち着いて攻めれば、それでよい」

「父上、織田勢が来ます」

元長の声に顔を向けると、谷間の大地に織田勢が姿を見せた。先刻、後退した津田信澄の一軍だ。

元春にやられて手傷を負っているはずなのに、攻めてくるとは。

「好きにやらせるな。蹴散らしてやれ！」

元春が下知すると毛利の騎馬武者が駆け出し、津田勢に向かった。

元春が率いる一万五〇〇〇の軍勢は、出雲街道を使って播磨に乱入した。

物見とおぼしき敵勢を蹴散らすと、利神城を囲んでいた長岡藤孝の軍勢に仕掛けた。

相手が元春と見ると、藤孝は無理して戦わずに後退したが、距離は開けず、常に近くで毛利勢の動きを監視していた。

腹がたった元春は何度か仕掛けたが、うまくいなされてしまい、合戦に持ち込むことはできなかった。思わぬ形で二日が費やされ、その時には織田の尖兵が増援として姿を見せていた。

してやられたと思いつつも、元春は織田勢の撃退に意識を向けた。

津田信澄の手勢とぶつかったのは今日になってからで、最初の一撃で後退に追い込んだ。

しかし、長岡勢が横合いから攻めてきたため、とどめを刺すことができず、その間に津田勢が態勢を立て直して、再度、攻撃をかけてきた。

相手は三〇〇〇、毛利勢は五〇〇〇である。

まともに戦えば負けることはない。

「今度こそ踏みつぶせ」

元春は自ら馬を出し、前線で味方を鼓舞した。

すでに槍の打ち合いがはじまっており、毛利勢は前に出て織田勢を攻めていた。

強烈な突き上げで足軽がつらぬかれ、血をまき散らしながら崩れ落ちる。

槍で頭を砕かれ、目玉が転げ落ちる足軽もいる。またたく間に血と肉の匂いが戦場をつつみこむ。

元春は戦場の空気に酔った。

これこそ自分の生きる場所だ。つまらぬ知略などなんの役に立とうか。

槍で道を切り開いてこそ、武士であろう。

今さら何をためらおうか。

「出てこい、織田の将。この吉川少輔元春が相手になるぞ」

「吉川元春と言ったか。では、尋常に勝負」

馬上の将が槍で足軽を払いのけて吠えた。

若い将で、派手な南蛮具足を身につけている。

面当てをしていないのは、自分の顔を見せつけるためなのか。

それを若さと笑うのは愚かだ。戦場で己の存在を見せつけずして、どうするのか。

「我こそは津田七兵衛信澄、相手にとって不足なし」

「織田の小僧が何を言うか。我に首を取られることを誇りに思うがよい」

「抜かせ！」

信澄は手綱を振り、一直線に元春に迫ってきた。

元春も馬を出して迎え撃つ。

距離がたちまち詰まり、半槍が届く距離に達した時、信澄が腕を大きく振った。

横ざまの一撃が首に迫る。

元春は穂先を払いのけると、さらに前に出て強烈な一撃を放った。

穂先は兜をわずかにかすめる。

それでも信澄はひるむことなく、上から槍を振りおろす。

左手を叩かれて、元春は馬を引く。

信澄はさらに槍を突き出し、首や肩をねらう。

思いのほか勢いがあり、動きもよい。

元長は右に馬を逃がし、距離を置いた。

「やるではないか、織田の小僧。京で遊んでいるだけと思っていたが、儂に槍をつけるとはな」

「白髪まじりの老体にやられるほど、馬鹿ではない。その命、いただく」

「ほざけ。若造が！」

元春が突っ込んだ時、背後から声があがった。

「返り忠！　美作勢が寝返りました！」

「なんだと！」

振り向くと美作の後藤、江見の手勢が押し寄せてくるところだった。

突然のことに毛利勢は対応できなかった。

「馬鹿な、なにゆえ」

「我らがなんの策もなく、上月城を攻めると思っていたか」

信澄の声は、喚声が交錯する戦場でもひときわよく響いた。

「流れが変わったら、返り忠を討つように手筈を整えていたのよ。美作勢が端から毛利に従うと思っていたとしたら、勘違いもはなはだしいな」

信澄が間合いを詰めてきたので元春は引いた。

このままでは挟撃される。とにかく今は道を切り開くよりない。

腹をくくると元春は馬首を返した。

まず、美作勢を叩いて退路を確保する。すべては、そこからだ。

三

一〇月一八日　上月城

「浦上勢が裏切り。岡本太郎左衛門の手勢！」

「なんだと。こっちもか」

城内からの声に粟屋元信は思わず振り向いた。

後方から兵が現れて、味方を攻めたてている。

数は一〇〇ほどで、槍を振るう者もいれば、刀を滅茶苦茶に振り回す者もいる。

騎馬武者は馬上から容赦なく、毛利の足軽を刺し殺した。

狭い曲輪は大混乱に陥っていた。

「門が開くぞ！」

太い声に元信が正面を見ると、これまで敵を防いでいた門が大きく開いた。岡本勢がいつしか城門に取りつき、周辺の味方を倒していた。

待っていたかのように、青色桔梗の騎馬武者が飛び込んできた。たちどころに味方の騎馬武者を突いて、馬から叩き落としていく。

弓矢が舞って、櫓から足軽が落ちる。

鉄砲の音色が響くが数は少なく、いつしか馬蹄の轟きにかき消されてしまう。

「くそっ。なんてことだ」

まさか、浦上勢が寝返るとは。

もともと上月城は浦上宗景が尼子の残党を追い落として手にした城で、備前の天神山城や茶臼山城と並ぶ重要拠点だった。

毛利勢は間借りしているに過ぎず、兵の数は一五〇〇だけだった。

岡本太郎左衛門は浦上の家臣で、上月城の実質的な城主だった。これまでも粟屋と共に行動し、長水城近辺では織田勢と戦った。

それがここで返り忠とは、信じられない。

「退け。とにかく下がれ」

元信は声をかけたが、従う者はいない。

そもそも前からは織田勢、後ろからは岡本太郎の兵が来ており、行き場はなかった。

元信はあきらめて馬から下り、敵が少ない北の方角へ向かう。

本丸は岡本勢が制しており、近づくことはできない。ならば、本丸に沿うようにして北東の曲輪へ入り、守りを固めるよりない。

時を稼げば、吉川勢が助けに来る。そこで手を取り合えば、岡本勢を駆逐しながら、織田勢に立ち向かうことができる。

今は、この混乱から抜け出すことが肝要だ。

「火の手があがったぞ」

顔をあげると、山頂付近から煙があがっていた。

本丸の館に火がついたか。岡本勢がやるとは思えないから、味方が手を下したか。

ならば、まだ巻き返すことはできる。時間を稼いで味方を集め、岡本勢を叩いていけば……。

元信が先々に思いをはせた時、黒の具足をつけた武者が現れて、彼の行く手を遮った。

「そこにいるは、粟屋与十郎殿とお見受けする」

馬上の武者は鋭い目で彼を見おろした。

「手前は明智家中、斎藤内蔵助。事は決した。早くその首を置いていかれよ」

「ふざけるな。吉川少輔様が来れば、お前たちなど……」

「吉川勢は今、美作勢に追われて、その身を守るだけで精一杯。上月城に迫る余裕などござらぬ」

「馬鹿な」

浦上だけでなく、美作勢も裏切るとは。

なぜ、ここまで頃合いをあわせて動けるのか。まるで合図でもしたかのようでは……。

そこで元信の脳裏に閃き(ひらめき)が走った。

あった。上月城のみならず、その周囲に鳴りひびいた轟音が。

「まさか、あの大筒が」

玉を放った時の音が合図だったとすれば、いっせいに動いたわけもわかる。

「音で裏切る頃合いを知らせたのか」

「ほう。よく気づいた。ただ、本当のところは少し違う」

利三は馬から下りて槍をかざした。

「大野も美作勢も、返り忠を討つべきかどうか迷っていた。仏狼機は最後のひと押しよ。あの大筒を城門の手前まで持っていき、放ったことで、織田の本気を知った。共に打ち砕かれてはならぬと思い、返り忠を討ったわけよ」

織田は山中に大筒を用意し、玉を放った。それが織田の実力を示す形になり、美作勢や大野勢は雪崩を打つように叛旗を翻した。

味方は上月城にこもる前から追い込まれており、大筒の一撃はとどめを刺したに過ぎなかった。

敵の策略が毛利勢を上回っていたのか。

「わかったのであれば、首を置いていけ」

「やらせるか！」

元信は踏みこんで、半槍を突き出した。こんなところで死ぬわけにはいかない。

しかし、彼の一撃はあっさりと払いのけられ、返す一撃が面当てを激しく叩いた。

衝撃を受け、無防備な顔がさらされたところで、利三の槍がつらぬく。毛利の若き将はうめき声をあげることもできず、馬から落ちて、無惨な骸(むくろ)を曲輪にさらすこととなった。

四

一〇月一九日　長水城

使番の知らせを聞いて、明智秀満は衝撃を受けた。まさか、こんなに早く決着がつくとは。

「明智勢の手により上月城は陥落、敵は備前に向けて退きました。毛利の粟屋与十郎は、斎藤内蔵助様が討ち取った模様」

使番は膝をつき、頭を下げたまま先をつづけた。

「吉川勢は津田殿、細川殿が押し返し、上月城に達する前に後退しております。美作勢が追い討ちをかけましたが、これは退けた模様」

「であるか」

「大勝利です、上様」

森蘭丸が声をかけると、信長は床机に座ったまま
うなずいた。

周囲で歓呼の声があがる。

信長は長水城の二の丸で出陣の準備を整えており、周囲は具足をつけた側近に囲まれていた。

そこに、この知らせである。喜びの声があがるのは当然であった。

秀満としても喜ばしいことであったが、それより陥落の知らせが予想より早く届いたことに驚いていた。

上月城は堅城であり、二日や三日の仕寄りで攻め落とすことはできないと考えていた。城兵が手強いうえに、吉川元春の手勢にも警戒が必要だった。

信長が一万を率いて長水城まで進出したのも、光秀の背後を守って城攻めに専念させるためと考えていた。


それが上月城を落とすどころか、吉川勢まで追い払ってしまうとは。信じられなかった。

「それが日向の手並みよ」

信長の声が響く。それが自分にかけられたものであると知るまで、時間がかかった。

秀満はあわてて膝をつく。

「さ、さようで」

「小寺官兵衛は、備前や美作の国衆を見事に手懐け、我らに味方するように仕向けていたが、最後のひと押しが足りなかった。

人は言葉だけでは動かぬ。それを日向はよく知っており、仏狼機の音で向こうの尻を叩いてみせた。あれにやられると思えば、嫌でも動くであろうよ」

信長は笑った。ここまで言葉を並べ、自分の内心を見せるのは珍しい。

「儂が用意した仏狼機をきっちり使うあたり、日

向もそつがない。猿に似てきたか」

　秀吉を真似たと言われれば、光秀もあまりいい気持ちはしまい。秀満はそっと頭を下げるだけで応じた。

「大事なのは、この先よ」

　信長は、なおも話をつづけた。ここまで喋るのは本当に珍しい。

「おぬしならば、どうする？」

　問われて、秀満は迷いながらも応じた。

「足元を固めるべきかと。上月城を手にし、我らは毛利勢を播磨から一掃しました。正しくは利神城に一部の兵が残っておりますが、これは長岡勢が囲んでおり、気にするほどのことはございません。ここで西播磨を固め、最後の敵である別所勢に挑むべきかと」

「三木城か」

「敵勢は強く、三木城も堅固ですが、毛利勢が敗れたことで、別所勢は味方と切り離されました。追い込めば、いずれは下るものかと」

　内側から切り崩す手もある。

　小寺孝高や蜂須賀正勝がすでに手を尽くしているはずで、毛利勢の後退で交渉もやりやすくなる。

「ふむ。なるほどな」

　信長は秀満を見た。その眼光は鋭く、ただ見られているだけなのに、胸に圧迫感をおぼえる。

「さすがは日向の家臣、よいところを見ている。手堅いところは、主に似ているな」

「恐縮です」

「されど、それでは天下は押さえられぬ。もっと大きなところを見なければな」

　信長は立ちあがると、羅紗(らしゃ)の陣羽織が風でなびいた。その姿は、覇者と呼ぶにふさわしい。

「上月を落としたのは見事、されど、我らはそこにはとどまらぬ。このまま備前に飛び込み、浦上勢を討つ」

「な、なんと」

「宇喜多とも話はつけてある。我らが備前に入っても、あやつらは動かぬ。美作に兵を向ける気でおるからな」

信長は視線を周囲に向けた。

おそらく、まわりの家臣も話を聞いていたであろう。瞳を異様に光らせて、自らの主を見ている。話のすさまじさにすっかり興奮していた。

「毛利勢は崩れており、備前にかまっている余裕はない。そもそも、あやつらの目は本貫にしか向いておらぬ。今は兵を残すことにすべてを賭けていよう。そこを突いて、勝負をつける」

信長は蘭丸から鉄砲を受け取り、高く掲げる。

「者ども、我につづけ。手柄は思いのままよ」

声が波のように広がって、長水城をゆるがす。

備前討ち入りという思わぬ展開に、誰もが興奮していた。普段はおとなしい生駒親正も、頬を真っ赤に染めている。

一方、秀満は興奮しつつも、どこか醒めている自分を感じた。

確かに毛利勢は崩れており、このまま備前に突入するのは正しい。

しかし、本当にいいのか。どこか踏みこみすぎてはいないか。何か大きな見落としがないか。気になってならなかった。

秀満は熱狂する味方を見つめる。その姿を信長が見ていることに、彼は気づいていなかった。

五

一〇月二二日　備前茶臼山城

信澄の手勢がぶつかると、敵の足軽はたちまち後退に入った。無理に抵抗することなく、城を目指す。

「まさか、もう下がるのか」

戦いははじまったばかりで、ろくに鑓（やり）も打ち合っていない。敵の騎馬武者は、五〇騎ばかりが飛び出してきただけで、主力は後方に控えたままだ。

これから本格的な合戦がはじまると見ていたのに、下がってしまうとは。

信澄が敵の行く手を確認すると、その大半が奥の山城に向かっていた。

備前茶臼山城である。

茶臼山城は、吉井川とその支流である吉野川が合流する地に建てられている。曲輪は川を見おろす山の上にあり、地形が厳しいこともあって、攻めるのは困難をきわめる。

天然の要害であり、浦上家の拠点となるのも当然と言える。それだけに敵が攻めてくれば、籠城するのは妥当であるが、いかにも早過ぎる。

「城が取り囲まれてもよいのか」

地の利はあるのだから、戦い方はいくらでもあるだろう。あまりにもだらしがない。

「ここまで浦上勢が崩れるとは」

信長は浦上家と雌雄を決する旨を明快にし、上月城が陥落した翌日には備前への進撃を命じた。

信澄はそれに煽られる形で先鋒に立った。

播磨から出雲街道を使って備前に入ったが、今のところ抵抗は微弱だった。

美作の後藤家、江見家は味方についており、彼らが城下を通過しても、いっさい攻めたてることはなかった。それればかりか糧食を提供して、備前討ち入りを支援してくれたほどだ。

茶臼山城は美作と備前の国境に近く、ここを抜かれれば、浦上家の本拠である天神山城も危うくなる。そのあたりの危機感が、敵の動きからはあまり感じられなかった。

「さて、どうするか」

このまま茶臼山城を取り囲み、後詰めを待って攻めるか。それとも、なおも備前に深く攻め入るか。

信澄が迷ったところで、視界の片隅に白の旗印が飛び込んできた。それればかりか、熊の棒の馬印まで見てとれる。

もう追いついてきたのか。あの険しい道をどれほどの速さで抜けてきたのか。

苦笑いを浮かべつつ、信澄は馬を走らせた。

「蒲生殿、蒲生忠三郎殿」

彼が大声で呼びかけると、青毛の馬に乗った武将が振り向いた。赤の陣羽織が恰幅のよい身体によく似合っている。

「おお、津田様。このようなところで」

蒲生賦秀は馬から降りようとしたが、それを信澄は手で制した。

「よい。そのままで」

「では、乗ったままで失礼いたします」

「相変わらずの速さだな。まさか、追いつかれるとは思わなかったぞ」

「いえ、津田様こそ、浦上の尖兵を片づけているとは、さすがでございます」

賦秀の口調はあくまでも穏やかだった。

鬼神のごとき戦いぶりからは信じがたいが、これがむしろ彼の本質である。

礼儀正しく、まわりの者に気を使う。静かなふるまいはさながら涼風のようで、見ている者の心をなごませる。

信澄と賦秀は、たいして年は変わらないのであるが、不思議と年長者と話をしているような気分になる。

「あれは勝手に逃げただけよ。兵を失いたくなかったのであろう」

「でしょうな」

「それでこの先、どうする。共に茶臼山城を攻めるか」

「いえ。手前はこのまま南へ下り、天神山城をねらうつもりです」

「なんと、浦上の本拠をか」

信澄は驚いた。確かに、ここから天神山城までさして距離はないが、険しい道がつづき、途中には浦上の砦もある。

抵抗は厳しくなるはずで、苦戦が予想された。

信澄が自分の思いを語ると、賦秀はうなずきつつ、南の山々を見つめた。

「おっしゃるとおりかと。されど浦上勢は崩れており、天神山に残る手勢もわずかと聞いております。ここで城に寄せれば、敵が守りを固める前に攻め込むことができましょう」

「筋は通るが」

信澄は視線を転じた。

「茶臼山城はどうする。我らが抜けた後に、後ろから攻められると厄介であるぞ」

「抑えを残して進めばよいかと。聞いたところによりますと、城主の日笠次郎右衛門（ひかさじろううえもん）には、蜂須賀小六様が声をかけているとのこと。あの引き際を見るかぎり、望んで我らと戦うつもりはないと見ました」

「なんと……」

日笠次郎右衛門頼房（よりふさ）は、浦上家を支える有力な国人（こくじん）であり、主君の宗景とともに美作や播磨で戦っていた。

それがここへ来て、離反するのか。

いったい、信長はどこまで敵を切り崩しているのか。後藤、江見、宇喜多だけでなく、浦上勢も味方につけているとは。

小寺考高や蜂須賀正勝の働きだけでは無理だ。

おそらく信長が自ら動いている。

その視野の広さは驚くばかりだ。いったい、どこを目指すつもりなのか。

「明智日向様もそのあたりは承知しており、一挙に天神山城を突くとおっしゃっていました。おっつけ、我らに追いつくものかと」

「日向様も浦上の本拠をねらうか」

とすれば、ゆっくり先々のことなど考えてはいられない。

「あいわかった。身どもも天神山城を目指そう」

「途中の砦は、手を取り合って抜くのがよいかと。手間取っていると、日向様が来てしまいますからな」

「すぐにでも兵を動かそう。細かい話は動きながらということで」

「承知」

賦秀は一礼すると馬を返した。

その仕草にはいっさいためらいがなく、信澄は感心しながら自らも馬を走らせた。

六

一〇月二五日　備前天神山城

「敵だ。右から来るぞ！」

声があがった時には、右の山道から足軽の一団が飛び出してきた。

伏兵だ。数はおよそ二〇〇。

城門が開いていないところを見ると、出丸の兵を出してきたのか。

備前天神山城はその名とは異なり、城そのものは天神山から離れた峻険な尾根に建てられている。左右は切りたった斜面で、容易に登ることはできない。

一方、天神山の山頂付近には出丸があり、そちらにも兵が置かれていた。数はわからず、調べる余裕もなかったので放置していた。

それがここへ来て攻めてきた。

「下がれ！　まともにぶつかってはならん！」

浅野長吉が声を張りあげるのと、敵の攻勢が強まるのは、ほぼ同時だった。

足軽が横に並んで攻めたて、味方の兵を次々と倒していく。

敵は陣形を整えず、ちりぢりになって攻めてきたが、それが狭い尾根では効果的だった。混乱が広がり、味方は一気に崩れていく。

「やらせるか。者ども、つづけ！」

長吉は馬を走らせると敵中に飛び込み、夢中で槍を振るった。

血飛沫が舞って、袖が赤黒く染まる。

鼻がねじ曲がりそうな匂いが漂うが、かまってはいられない。

雑兵であろうが、武者であろうが、目の前の敵を相手に戦う。それでこそ未来は開く。

浅野長吉とその手勢は織田勢の先鋒を切って、天神山城を攻めたてていた。

城門は正面の一つしかなく、そこを突破しても尾根に沿う形で曲輪が並ぶ。

本丸にたどり着くためには敵の弾雨をかいくぐって、いくつも空堀を抜け、土塁を越えねばならない。

苦戦が予想されたが、それでも長吉は先頭を切って戦った。羽柴衆は浪人衆と同じ扱いであり、認められるには無理をするしかなかった。

「どけ！」

長吉は槍で足軽を突き刺す。

一人は倒したものの、その背後から別の足軽が姿を見せ、強烈な一撃を放つ。

かわしきれず、長吉は足を斬られた。

「くそっ！」

「殿！」

従者が駆けよって足軽を追い払うと、長吉を馬に乗せたまま、さっと布を巻きつける。

痛みはない。

傷が浅いのか、それとも感じていないのか。そのあたりもはっきりしない。

敵の圧力はいまだに強く、混戦がつづいている。

「大手門が開いたぞ。敵が来るぞ！」

門扉が大きく開いて、騎馬武者が土橋を渡ってきた。茶の具足で、いずれも大きな槍を手にしている。

数は五〇ほどで、傷ついた浅野勢には厳しい。

「下がるな。なんとしても追い払え！」

引けば侮られる。

これまでも、さんざん柴田勢や滝川勢には馬鹿にされてきた。それを繰り返すわけにはいかない。

勝てずとも、せめて名を残す形で散りたい。

長吉は馬を駆り立て、迫る浦上勢に自ら迫った。

「はあっ！」

しばし槍を打ち合い、敵の動きを押さえる。

だが圧力は強力で、とうてい支えきることはできない。

長吉は自棄になって槍を振るも、浦上の武者に受け止められ、半ばから折れてしまう。

これまでか。

腹をくくったその時、猛然と銃声が轟いた。

目の前の浦上勢がまとめて倒れていく。

第二射で同じだけの騎馬武者が倒れ、敵の勢いは明らかに弱まった。

「よう踏ん張られた！」

口髭で顔が黒い武者が、長吉に並びかけてきた。

その顔には笑みがある。

「手前は明智日向家中、溝尾庄兵衛茂朝。主の命により助太刀に参った」

溝尾の背後には、鉄砲を持つ武者がそろっていた。彼らの一撃が敵を食い止めたのか。

「日向様は浅野勢の戦いをつぶさにご覧になり、その戦いぶりに感服しておりました。常に先に立ち、味方を支えてくれていると。無駄に討たせてはならぬということで、手前どもを寄越しました」

「おお」

光秀は、我らの戦いを見てくれていたのか。思いは通じた。無理をしてでも、前線にとどまったのは無駄ではなかった。

「ここから先は、我らにまかせて下がられよ。おって、主からも声がかかろう」

「いや、ここは共に戦わせてくだされ。傷ついておりますが、まだまだ進めますぞ」

まだ足りぬ。羽柴勢が認められるには、目に見える形での戦功が必要だ。

せめて城内には飛び込みたい。

意を察したのか、溝尾は笑ってうなずいた。

「では、共に参られよ。抜けていきますぞ」

「はっ」

長吉は笑って従者から新しい槍を受け取った。

こんなに気分よく戦に臨む日が来ようとは。人の世も、まだ捨てたものではないか。

溝尾の後を追って長吉も前へ出る。

浦上勢は態勢を立て直して彼らに迫る。恐怖はまったく感じなかった。

七

一〇月二五日　備前天神山城

光秀は馬から下り、土橋を渡って壊れた櫓の横から曲輪に入った。

二の丸での戦いは終わりを迎えていた。

激突の場は本丸周辺に移っており、目の前には壊れた櫓や打ち捨てられた槍や刀、さらには投げ捨てられた死体が転がっている程度だった。

冷たい風に吹かれながら光秀が本丸に向かうと、厳つい顔の武将が駆けよってきた。

「殿、どうしてここに」

「戦の様子を見に来た。あと少しで本丸を落とせるのであろう」

「無茶をなさる。まだ浦上の兵があちこちに隠れているのですぞ」

斎藤利三は顔をしかめた。

「落ち着いたら声をかけると申したはずですが」

「何を言うか。我は女子供ではないぞ。己の身ぐらい己で守れる。武士が戦の場で引っ込んでいて、どうするのか」

「されど……」

「浦上勢だ！」

高い声に光秀が顔を向けると、左の土塁を越えて武者と足軽が姿を見せた。どうやら左の崖を登ってきたらしい。

「お下がりくだされ」

「なにほどのことはない。あんな者ども」

光秀は槍を手にした。

若き頃は雑兵のように戦場を駆け抜け、敵と槍を打ち合った。刀で馬上の敵と渡りあったこともある。

信長に仕えてからも、常に最前線で戦ってきた。武田との一戦では自ら槍を持って奮戦し、敵勢の突撃を防いでいる。

衰えなどない。

光秀が駆け出そうとするところを、利三が前に出て遮った。

「余計なことをなさいますな。あのような連中、槍をあわせるには及びませぬ」

利三が手を振ると弓衆が並び、いっせいに矢を放った。

最初の一撃で五人が倒れ、次で六人が倒れた。残りが三人になったところで浦上勢は後退に入ったが、その時には長柄勢にまわりを取り囲まれており、一瞬にして串刺しとなった。

「ご覧あれ。殿が出て行く必要などありませぬ」

「わかっておる。ただ、心構えを示しただけよ」

光秀は従者に槍を放り投げた。

「それで、本丸はどうなっておる」

「味方が押しております。今は最後の城門を攻めているところで、まもなく抜けるでしょう。浅野勢もよくがんばっております」

「まだ下がっていなかったのか」

「必死なのでしょう。あと一つか二つ、手柄があればよいかと」

光秀も流浪の時代が長かったので、居場所のないつらさはよくわかる。浅野勢にはこのまま織田に残ってほしかったし、そのための手伝いはするつもりだった。

銃声が響いて、光秀は本丸の方向を見つめた。声は途切れることなくつづき、風に乗る火薬の匂いもいまだに濃いままだ。

鉄砲足軽はひとところにかたまって、玉と火薬を確認しており、その横を長柄衆が追い立てられるように細い道を上っていく。

いよいよ勝負どころだ。ここで押せば、城の急所をつらぬくことができる。

天神山城は備前の雄、浦上宗景の居城で、宇喜多の岡山城と並んで備前支配の拠点である。山陽道や出雲街道からは離れているが、備前の各所ににらみを利かせ、必要とあれば、どこにでも兵を投入できる。

宗景は父の死後、兄の浦上政宗と争って家を飛び出し、備前で独自の勢力を作りあげた。

宇喜多直家や日笠頼房らの助力もあり、備前のみならず、美作や播磨にも進出し、最終的には政宗をしのぐ支配圏を手にしている。

その後は直家の謀叛や毛利家との関係に悩まされたりしながらも、天神山城を中心にして所領を確保し、播磨や美作への影響力を維持した。

その本拠を織田勢が攻めている。

誰も、ここまで簡単に天神山城がやられるとは思っていなかっただろう。きわめて堅牢であり、光秀も苦しいと考えていた。

それを信長はやってのけた。鮮やかとしか言いようがない。

「この城は懐が深く、本丸を落としても、まだ曲輪が残っています。浦上勢は粘るかもしれませぬな」

「それでも大勢は変わらぬ。ここまで攻め込まれては、どうにもならぬ」

茶臼山城の浦上勢は動きを封じられ、ほかの城も大半が織田勢に叩きつぶされている。支援は期待できない。

唯一、気になるとすれば、毛利の後詰めであったが、今のところ姿は見えない。

「長水城を落としたあたりから、毛利勢の動きが鈍くなっておりますな。何かあったのでしょうか」

「国衆とのつながりも、今ひとつのようだしな」

備前を確保したいのであれば、国衆に毛利の意を明快に伝え、共に行動すれば所領を確保できると思わせるべきだった。

人や金を送り込み、毛利が本気であると示せば、流れは変わったはずだ。

小早川隆景ほどの人物であれば、それぐらいは気づいているはずだ。なのに、なぜ手を打たないのか。

「裏があるのか。それとも毛利の力が落ちているのか」

「どちらにしても、浦上勢の敗北は毛利勢にとって痛手のはず。何か手が……」

利三がそこで口を閉ざした。

壊れた城門をくぐって、使番が姿を見せたからだ。指物を身につけた将は光秀に駆けよると、膝をついた。

「申しあげます。毛利勢五〇〇〇が天神山城に迫っております。率いるのは穂田少輔四郎とのこと。明日には姿を見せると思われます」

「そうか。ようやく来たか」

毛利の後詰めがあるのなら、浦上勢が城に踏みとどまる意味も出てくる。

多少は士気も回復するであろうが……。


「その前に浦上勢を叩きつぶす。内蔵助、総掛かりでいくゆえ、兵を整えよ」

「仏狼機を使いますか」

「いらぬ。先ほどの浦上勢がよい手がかりをくれた」

先刻、敵は崖を回って曲輪に飛び込んできた。ならば同じ道を使って、敵の懐に飛び込めばよい。数はかぎられるであろうが、いきなり姿を見せれば、心は揺れるはず。

城を落とすには、よいきっかけとなるだろう。

「内蔵助、火薬玉をそろえておけ。うまく放り込めば、敵は相当に驚く」

「では、その役目は手前が務めましょう。殿はここで城攻めの差配を」

利三に釘を刺されて光秀は顔をしかめた。

仕方がない。利三が搦手（からめて）を使うのであれば、自分は正面から飛び込めばいい。

差配はする。ただ、その時には前線に立つだけのことだ。

光秀が指示を出すのにあわせて、本丸の方角からひときわ高い声があがった。

城が落ちるまで、さして時はかからない。光秀はその事実を全身で感じとっていた。

八

一一月一日　備中猿掛城

「そうか、天神山城は落ちたか」

「はっ。二六日の昼、浦上勢は敗れ、城は織田勢の手に落ちました」

口羽通良の言葉に応じたのは熊谷元直だった。その顔は悔しさでゆがんでいた。

「浦上様は城から落ちましたが、その後、行方知れず。生きているのかどうかもわかりませぬ」

「後詰めは間に合わなかったのか」

「四郎様の差配で城にむかったのでございますが、織田勢一万が行く手を遮っており、どうすることもできませんでした。手傷を負って、我らは下がらざるをえませんでした」

織田の攻撃を受けて、天神山城は落ちた。すさまじい勢いで押し寄せた軍勢に、味方はなすすべもなく押しきられるだけだった。

事実を突きつけられて、隆景は顔をしかめた。

「宇喜多勢はどうしている。後詰めは出さなかったのか」

通良の問いに元直が応じる。

「和泉守が五〇〇〇の兵を率いて出陣したのですが、織田に邪魔されて間に合わなかったとのことです。使いが来て、さんざんに言い訳を並べておりました」

「よく言うわ。その気になれば、織田の横合いぐらいは突けたであろうに」

渡辺直が顔をしかめた。

「我らと手を組んで、織田勢に仕掛けることもできた。なのになんの話もなく、好きなように兵を出し、好きな時に下がった。これでは話にならん」

「又四郎様、これは宇喜多に異心ありと言わざるをえませんな」

隆景は応じず、ただ目を閉じる。

宇喜多直家は人の闇がそのまま形になったかのような人物で、さながら息を吸うかのように謀略をやってのける。

一見したところ、宇喜多家を守るために策を講じているように見えるが、実際はやりたいからやっているのであり、家の利益など二の次だ。

織田と毛利が争う状況も、直家にとっては謀(はかりごと)を試す場でしかない。


毛利を裏切ることも算段に入っている。別段、気にしたところで仕方ない。

「宇喜多はあれでよい。味方にしても、なにかと面倒。敵に回るのであれば、すっきりする」

隆景は一同を見回した。

若い元直はもちろん、直や福原元助らも動揺している。通良ですら落ち着きを欠いており、衝撃の大きさが見てとれる。

確かに浦上勢が敗れたのは大きく、これで備前の情勢は大きく変わる。だが隆景にとって、この事態は想定の範囲でしかない。

浦上家の内情を考えれば、滅亡は当然である。織田がやらなくとも宇喜多か、あるいは自分たちがやっていた。

思ったよりも早かったが、浦上が消える事態は最初から考えており、対策も講じていた。

むしろ、ここまで織田が踏みこんでくれたことはありがたい。

いよいよ大きな潮目が来た。

仕掛けるのは、ここしかない。

まずは第一段だ。

「すぐにかかる。支度せよ」

隆景が策の説明をすると、通良が尋ねた。

「本当にやるのですか」

「無論だ。そのために水軍をわざと後退させた。織田は油断している。その隙を突く」

間者からの報告で、すでに信長は長水城を発ち、姫路に下がったことが確認されている。

天神山城を落としたことで、区切りがついたと判断したのであろう。伏見に戻って畿内をまとめあげるつもりでいる。

「一方、まだ播磨は落ち着いておらず、明智勢は備前にとどまったまま。小寺や赤松勢も同じよ。下がるのは右府だけというのは、我らにとってもっとも都合がよい」

別所に備えて、松永久秀が摂津と播磨の国境に進出しているのもありがたい。

「やるのであれば、今しかない。そうであろう、佐吉」

隆景が声をかけると覆面の男が頭を下げた。

下座に控えて、先刻から口をはさむことなく軍議を聞いている。

佐吉は長宗我部との折衝を終え、おととい、備中に戻ってきた。元親とは三度も会って、西国の情勢を語りあったという。

顔をあわせて話ができたのは大きい。それだけ毛利との関係に興味を持っているということであり、つけいる隙は十分にある。

元親だけではなく、戸波親武をはじめとする長宗我部と話ができたのも大きかった。

家臣の何人かを味方につけておけば、長宗我部家を揺さぶることもできるし、合戦の時には内応も期待できる。うまくやれば元親を取り除いて、毛利に近い者を主に据えることができよう。

佐吉もそのあたりを見越して手を打っていた。家臣を言葉巧みに煽って、すでに連絡を取り合う手筈を整えている。

隆景の望みを読んで行動するあたりは、さすがだ。切れすぎるとも言えるが……。

無言の佐吉に通良や元直の視線が突き刺さる。彼らが快く思っていないことは承知のうえだ。使えるだけ使って、家中に騒動が起きる前に取り除けばいい。

「では、はじめるぞ」

隆景は語気を強めた。

「細工は流々、仕上げをご覧(ろう)じろ」

九

一一月三日　明石

山県昌景が橋のたもとでひと息ついていると、川沿いの道を高坂昌定が歩いてきた。

表情は明るく、足取りも軽い。

「駿河様、住職と話がつきました。宿坊はあまっているので、好きにしてよいと。一条様からの話となれば、断るわけにはいかぬと」

「おお、それはありがたいな」

「駿河様の名も知っておりました。高名な山県様に泊まっていただけるのであれば、これに優る喜びはないと」

昌定は笑った。宿に目処がたったことで、気がゆるんだのであろう。

昌景は伊丹から姫路を目指していたが、途中、体調を崩して西宮の地でしばらく休んでいた。

回復したのは二日前のことで、播磨入りは予定より大幅に遅れていた。

「高名などとは言われては立つ瀬がないな。織田に負けて、京から叩き出されたというのに」

「京での働きは播磨にも届いていたようで。六角や斎藤の残党を見事に叩いて、京を守ったことは住職も知っておりました」

「四年も前の話であるがな。ありがたいことだ」

昌景の働きを知って、受けいれてくれる先があるのはとても助かる。

そもそも、その住職が昌定の話を聞いてくれたのも、京の一条家から紹介があってのことだ。

一条家と昌景は土地をめぐって便宜を図ったことから、いまだにつき合いがあり、書状のやりとりをしていた。大火で京を追い出され、今は大津にとどまっているが、それでも昌景の話を聞いて播磨の知己を紹介してくれた。

それがここで役に立った。

「大事なのは人の縁か」

「駿河様の人徳でしょう。感じるところがあったからこそ動いてくれたので」

「褒めすぎだな。身体がこそばゆい」

昌景は軽く肩を揺すって、あたりを見回す。

「縁といえば、まさか右府殿がここにおられるとはな。驚きだ」

「はい。先日まで播磨の西で戦っていたのですが。あいかわらずの速さで」

信長はわずかな兵を引き連れて、明石の船上城に入っていた。

毛利との戦いが一区切りついたのであろうか。

「まさか、向こうから来るとは。運があったな」

「ですが、一行は明日にも発つとのこと。果たして目通りがかなうかどうか」

「知己はいるがな」

松井友閑とは京で何度か会っている。信長の側近であり、昌景が来ていると知れば、便宜を図ってくれるだろう。

あとは、明智家の秀満も行動を共にしていると聞く。彼はかつて光秀を京で手伝っており、昌景と話をしたこともあった。

どちらも無下にはしないはずで、条件としては悪くない。

「とにかく話をつけませんと。織田が動いてくれるかどうかはともかく……」

「そうだな」

昌景は、そこで周囲を見回した。

傾いた夕陽が明石の町を朱色に彩る。

日暮れを前に人々の足は速まり、子供に声をかける親の声も大きい。

明石は摂津と播磨をつなぐ切所にあり、人の行き来も多い。しかし、畿内ほどの華やかさはなく、落ち着いた海沿いの町という印象がある。

住むのであれば悪くないと昌景は思っていたが、今は……。

「どうなさいました」

「妙な気配がする。空気がひどく乱れている」

「そうですか」

昌定は周囲を見回して、首をひねった。

「手前にはわかりませぬが」

「確たることは言えぬ。されど、尋常ではない空気が流れている。これはおかしい」

おぼえがある。

そう、合戦前の気配と同じだ。何か大きな戦いが起きようとしている。

しかし、いったい、どこで……。

第五章　船上城の戦い

一

一一月三日　明石

乃美宗勝は砂浜に舳先（へさき）が乗りあげたところで、すばやく小早から飛び降りた。

水しぶきがあがって、顔に潮の香りが漂う。

さすがに一一月の海は冷たく、足先の感覚がたちまち消える。

しかし、ひるんではいられない。

千載一遇の好機が目の前にあるのだから、たとえ足がちぎれても前に進んでみせる。

「合図です、乃美様」

家臣の声に顔をあげると、僧形の男が松明（たいまつ）を振っていた。五人で、いずれも灯りの場所がよくわかるように大きく腕を振っていた。

宗勝は力を振り絞って砂浜にあがると、中央の男に話しかけた。

「おう、よく来てくれた。目印はありがたい」

「なんの、これしき。乃美様こそ、よく織田勢に気づかれずに明石までいらっしゃいましたな」

「織田水軍は淡路よ。讃岐で村上大和の手勢が動いているから、そちらに目を奪われていたのであろう。このあたりには、物見の船すらおらなかった。して、右府の手勢は」

「およそ五〇〇。いずれも船上城に入っておりま

「我らの兵は三〇〇〇。これなら勝てるぞ」

乃美宗勝は隆景の下知を受け、密かに播磨灘へ進出していた。

朝のうちは淡路島の西岸に隠れ、日が傾くのにあわせ、明石に向けて出撃した。

率いるのは毛利水軍の軍船三〇隻と、それに乗る三〇〇〇の兵だ。

信長が明石に向かっているという知らせは、事前に受けていた。

早すぎても遅すぎても失敗するわけで、頃合いがすべてであったが、早船を駆使して動きを確認したおかげで、見事に捕まえることができた。

僧形の男は毛利の間者で、彼らが信長の動向を逐一、伝えてくれた。

「この時を待っていた。ここで右府を討つ！」

播磨で負けたのも、水軍をあえて下げたのも、織田勢を西に引っぱり、東播磨を手薄にする隆景の策だった。

戦が落ち着けば、信長は山陽道を使って畿内に戻る。その途中は守りが手薄なうえに、事が起きても味方は呼び寄せにくい。

織田の要（かなめ）は信長であり、その首さえ取ってしまえば足元から崩壊するわけで、これは千載一遇の機会だった。

策を練ったのがあの佐吉というのは気に入らないが、すべてがうまくいき、信長が無防備に近い状況にいるのは事実だった。

「兵を集めよ。このまま船上城を攻める」

宗勝が振り向くと、毛利勢が次々と上陸して隊列を整えていた。

松明の火が海岸線に並ぶ。

子（ね）の刻を過ぎ、あたりは闇につつまれている。出歩く者もおらず、動くのは味方の兵だけだ。

これだけ灯りが並べば、いずれ織田勢も気づくであろう。

それでもかまわない。全力で攻めたて、信長が逃げる前に首を取れば、それでいい。

幸い船上城は以前、武田が城を攻めた時、城門や土塁を壊しており、手直しをしている最中だった。

守りは薄く、三〇〇〇の兵ならば、たやすく城内に飛び込めよう。

「兵がそろったら、すぐに攻めるぞ。しゃにむに押せば、うまくいく」

「乃美様、これを」

僧形の男が馬を引いてきたので、宗勝はまたがって槍を振った。

「者ども、行くぞ。敵は船上城にあり！」

味方の熱気が異様に高まる。

いよいよ決戦である。

二

一一月三日　船上城

騒ぎが聞こえて、信長は目をさました。

珍しい。

信長は生来、眠りが浅く、少し声がしただけで目をさます。それでいて、一度、醒めたらなかなか寝つけないので、彼に仕える小姓は物音がしないようにひどく気を使っていた。

普段なら足音どころか、気配すら感じさせずに動く。それがこの声である。

普段とは異なる事態が起きている。

それが何であるか見当がついた時、信長は跳ね起きて寝間を出た。

「敵か」

声をかけると、森坊丸が廊下で足を止めた。信長に気づいて膝をつく。

「は、はい。毛利勢がこの船上城に押し寄せてまいりました。数はおよそ三〇〇〇」

「大将は誰か」

「わかりませぬ。どこから来たのかもはっきりしませぬ。もしかすると毛利ではなく、別所勢やもしれませぬ」

「たわけめ。奴らが動けば、堀久太郎（ほりきゅうたろう）が使いを出している」

信長は声の方角をにらみつけた。

「気づかれずに攻めてきたのなら、海であろう。毛利の水軍が押し寄せている」

「なんと！」

「槍を持て。すぐに敵はここまで来るぞ」

「は、はっ」

坊丸が槍を取りに行く間に、信長は本丸御殿の廊下を抜けて縁側に出た。

松明が並んでいるせいか、昼のように明るい。

喚声が土壁越しに響いてくるところを見ると、すでに戦いははじまっているらしい。

火矢が舞って御殿に突き刺さるが、小姓が踏みつけて火が広がらぬように消し止める。

あちこちから怒声があがり、将兵が右に左へと駆け抜けていく。あわてたふるまいから、何が起こっているのかわからぬようだ。

「う、上様、こちらにおいででしたか」

森蘭丸が信長を見つけると膝をついた。

「毛利勢が迫っております。数はおよそ三〇〇〇」

「それは、もう聞いた。どこまで来ておる」

「この城を囲んでおります。大手門にも搦手にも兵が押し寄せており、逃げ場がございません」

「であるか」

「上様、お逃げください。道は我々が……」

「何を言うか。今、道はないと言うたばかりではないか。ならば、ここで戦うよりない」

そこで坊丸が姿を見せ、槍を差し出す。

信長はためらうことなく手に取ると、土壁を見やった。

再び声があがる。毛利勢は目前に迫っている。

「あの時と同じだな」

思わず信長はつぶやく。

三年前、織田勢は馬場信春の手勢と美濃安八郡で激突した。

圧倒的な武田勢を前にして勝てるかどうか、皆、不安に思っており、あの勝家ですら自信なさげに本陣で行ったり来たりしていた。

信長自身も苦しい戦いになるとは思っていたが、不安はなかった。

天が自分を試しているだけと思ったからだ。

覇業をなす資格があると考えれば、天は生かす。なければ早々に滅ぼす。

困難を乗り越えて、突き進むことができるか。その力を試すため苦境に追い込んだ。そのように考えたのである。

幸い、信長は武田勢を打ち破り、畿内に自らの旗を打ちたてた。賭けに勝ったのである。

今回の戦いも同じだ。

敵は緻密な策を練って追い込んできたが、これもまた天の配剤。打ち破ることができれば、新しい道に踏み出すことができる。

負ければ、それまで。望まぬ全国一統を夢見て高転びするだけだ。

信長が縁側で槍を構えると、ひときわ高い声があがり、毛利勢が土塀を越えて城内に突入してきた。

その数は五人、一〇人と増えていく。

「放て！」

蘭丸の声に、弓がうなって敵の足軽が倒れる。

矢がたてつづけに放たれ、見えない壁にぶつかったかのように足軽は倒れたが、それでもすべての敵を抑えるまでには至らない。

敵は五〇を超えており、喚声は耳をつんざくばかりの大きさだ。

「上様を守れ！」

坊丸が槍を持って足軽と打ち合う。たちまち乱戦となる。

苦しい戦いだ。これまで、これほどの危難に追い込まれたことはない。

だが、ここを抜ければ、自分は新しい天下に向けて歩を進めることができる。

「そうよ。まだいける」

信玄と戦っていた頃から、信長は迷っていた。

果たして自分は何をするべきなのか。

ただ天下を取るだけでよいのか。武家をまとめあげ、新しい幕府を作ればよいのかと。

違うという思いがあった。

もっと大きな何かを追うべきだと。

それを示したのは、敵である信玄だった。

信玄は天皇を移し、新しい都を作って、これまでとはまったく違う政（まつりごと）をはじめようとした。

東国と西国をあわせ、全国津々浦々を同じ制度でまとめあげるべく手を打っており、京を焼き払ったのもその一環だった。

信長よりはるかに革新的であり、成功していれば、これまでと違う国ができた。

しかし不幸にして、信玄の考えは進みすぎており、まわりが彼についていけなかった。わずかな不安が大きく広がって武田勢を縛りつけ、敗北につながった。

その信玄の道をなぞるのは悪くない。

行き先ははっきりしており、まっすぐに進めば新しい世界ができよう。

しかし一方で、信玄は朝廷と幕府を変えることに集中しすぎて、外に目を向けることを怠っていた。内を変えることだけ考えて、彼方にひろがる世界には目をくれようとしなかった。

日の本の外に思いをはせた時、信長は何をすべきかがわかった。

全国をまとめあげ、自らの足で外に出る。

それこそが彼のやるべきことであり、果てしなき戦いの行き着く先であった。

天がそれを認めぬというであれば、自ら槍を振るって切り開く。たとえ天を倒してでも。

「試すのであれば、試せ。我は行く」

この歩みを止めるつもりはない。

「上様!」

蘭丸の声に顔を向けると、毛利の足軽が槍をかざして迫るところだった。

その目は血走っている。

信長が前に出ると槍を突き出した。

喉をつらぬかれて、足軽は倒れる。

真っ赤な血が寝間着を濡らすが、それにかまうことなく信長はさらに歩を踏み出した。

足を止めるつもりはない。道はなんとしても切り開く。

三

一一月三日　船上城

尾上弘三郎は槍を突き出して、織田の足軽を倒した。

家臣が駆けよって、その首を取ろうとするので思わず怒鳴りつける。

「そんなもの、捨ておけ。ねらいは右府の首よ。

雑魚はどうでもよい！」

　信長の首は雑兵の百個に匹敵しよう。つまらぬ敵にこだわって、大物を逃したのではまったく意味がない。

　弘三郎は細い道を抜けて屋敷の奥へと向かう。背後から味方の声が聞こえる。搦手から突入する兵は増える一方だ。

　松明の炎が不気味に揺れる。

　戦いは味方が有利に進めている。このままなら夜が明ける前に、信長を討ち取ることができよう。

「それは、俺の役目だ」

　弘三郎は村上水軍で小早をまかされる大将であり、これまで何度となく敵船と戦い、そのすべてを打ち破ってきた。

　播磨灘での戦いでも、織田の小早に乗り込んでさんざんに暴れ回り、最後は火を放って沈めてみせた。戦いぶりは大将の乃美宗勝も見ており、後で感服状をもらったほどだ。

　海での戦いならば自信がある。たとえ敵が巨大な安宅船でも勝てる。

　だが、それだけでは駄目な時代が来ている。

　今後、海で戦い抜くためにも、もっと広い視野を持つ必要がある。

　彼方にひろがる世界を手にするためには、彼がこれまで知らなかった場所に足を踏みこまねばならない。

　舞台は大きく回りつつある。特に織田と戦うようになってから。

　ならば、それに従い、己を変えていかねばならない。

　弘三郎がこの戦いに志願したのも、陸で戦って勝てると思ったからだ。信長を倒すことができれば、なおさらである。

「どけ！」

弘三郎は織田の足軽を槍で払いのけると、屋敷の脇を抜けて縁側に出た。

「上様、こちらへ！」

高い声が響いて、武家の一団がこちらに走ってきた。いずれも寝間着姿で手には刀がある。

多くの者が血まみれで、それは返り血だけでなく、激しい戦いで自分が傷ついた結果でもあった。

「お急ぎを」

小姓が声をかけたのは、縁側で槍を振るう武士だった。年の頃は四〇といったところか。

一撃で足軽を倒す姿はおそろしく目立った。松明の光を浴びているからではない。まるで内側から輝いているかのようだ。

この世の者とは思えぬ威厳がある。

弘三郎は引きつけられるようにして走り出した。見つけた。あれが信長だ。

「右府、その首、もらった！」

その声で、武家の一団は彼の存在に気づいた。槍を持った若い小姓が行く手を遮る。

「無礼な。貴様ごときが」

「どけ！」

弘三郎が上から槍を叩きつけると、小姓は柄をかざして食い止めた。手際はいいが、相手はまだ小姓で膂力（りょりょく）に大きな差があった。

弘三郎は小姓の槍を払いのけると、その肩を突き刺す。

「力丸！」

年かさの小姓が駆けよる脇を抜けて、弘三郎は信長に迫る。

「死ね、右府」

槍をかざした瞬間、信長が顔を向けてきた。

強烈な眼光につらぬかれて、弘三郎は動けなくなった。前に出ようとするのだが、身体が言うことを聞かない。

なんだ、いったい、どうした？

「下がれ、下郎！」

一喝されて、あろうことか弘三郎は振りあげた槍を下ろしてしまった。

「上様」

小姓に突き飛ばされて弘三郎は庭に落ちた。

顔をあげると、その先に信長がいた。あの瞳で彼を見おろしている。

すぐ近くに敵の大将がいる。

槍で突けば、命を取ることができるのに、なぜか身体が動かない。

これが全国一統を目指す武士なのか。はるか彼方の世界に目を向けている男なのか。

自分とは住む世界が違う。手も足も出ない。

「こちらへお下がりください」

小姓に引っぱられて、信長は屋敷の奥へと下がる。

追うこともできず、弘三郎は庭にへたりこんだまま、その姿が消えるまで目で追っていた。

四

一一月三日　船上城

乃美宗勝は焦っていた。

仕掛けてから一刻が過ぎようというのに、いまだ信長を討ち取ることができずにいる。

数の差は圧倒的で、味方は次々と城に飛び込んでいる。なのに、いまだ仕留めたという知らせはない。

「うまくないぞ」

あまり時がかかるようだと織田の援軍が来る。

早馬は出ているはずで、手際さえよければ、夜が明ける前に第一陣が来るだろう。

その前に信長を討って後退しなければ、大変なことになる。

「ええい、何をしているか。大手門はまだ破れないのか」

「はっ。搦手が早くに破れたことで、そちらに味方が回ってしまいました。土壁を越える兵もおり、大手門の攻め手は少なくなっております」

家臣の返事に宗勝は顔をしかめた。

「無理して抜くことはないか」

正面は兵を置くだけにとどめて、搦手からの攻めに集中するべきか。どうせ城に入っているのだから、無理するよりは確実に信長を追いつめるべきであるか。

宗勝が決断を下した時、前方から声があがった。

「大手門が開くぞ！」

視線を向けると、固く閉ざされていた門扉が開いて、織田の将兵が飛び出してきた。

数はおよそ一〇〇といったところで、一つのかたまりとなって味方の長柄衆にぶつかった。

武者も足軽も入り乱れており、無理にでも突破しようという意志が感じられた。

「逃がすか」

宗勝は槍を持って、自ら乱戦に飛び込む。

織田の徒士が容赦なく槍を突きたててくるが、そのすべてを払いのけて前へと突き進む。

「信長、信長はおるか。儂は毛利家中、乃美助四郎。いるならば、尋常に勝負」

「おぬしごとき、上様が相手にするか。我で十分」

若い武者が姿を見せた。灯りに照らされる姿は、どこか幽玄の風情があった。

「我は明智家中、明智弥兵次秀満。かかって参られよ、ご老体」

「陪臣風情がなめた口を」

宗勝が馬を寄せて鑓を突き出すと、巧みに秀満はかわして、逆に首筋をねらって穂先を入れる。

すばやくかわすと、宗勝は腕をねらって攻めたてる。

かわされると首をねらい、それが駄目だと、今度は足を攻める。

つづけざまの攻撃に秀満は耐えかねたのか、下がって距離を取る。

「おやりになる。されど、これ以上、時をかけてはおれぬ」

秀満は距離を詰めると槍をひと振りし、その右腕を切り裂く。

うめいて宗勝が下がると追い討ちをねらうが、それは助けに来た味方に遮られてしまう。

秀満が周囲を見ると、宗勝から見て右手方向に馬を駆って走り出す。

織田の足軽がそれにつづいて、道を切り開こうとする。

逃げるのか。しかし、それにしては……。

そこで、宗勝は秀満の意図に気づいた。

「追ってはならぬ。あやつは囮よ。右府はまだ城におる」

秀満を追って大手門が手薄になったところで、逃げ出す策であろう。城を出て、夜闇に紛れればなんとかなると考えたのだろうが、そうはさせない。

宗勝はわずかな手勢だけ秀満の追撃に回し、残りは大手門に残した。

門扉は再び閉ざされており、信長やその側近が逃げ出した気配はない。

城内から声はあがっているが、そのほとんどが味方だ。

織田勢は静かで、鉄砲の音もほとんどない。

「ならば、押しきるか」

策を弄(ろう)したのは、信長が相当に追い込まれてい強い衝撃が彼を襲う。

そんな馬鹿な。なぜ、武田の名将がここにいるのか。

五

一一月三日　船上城

山県昌景は混乱していた。

毛利と敵対するつもりはなかった。

武田が上洛していた時は、それこそ船上城をめぐって合戦をしたこともあったが、遠く甲斐に下がった今は無理して争う相手ではなかった。

穏やかに書状をやりとりし、肝心なところは隠しながら、互いの国情を語り合う。それで十分だった。

なのに敵対どころか、毛利勢と直に槍を打ち合るからだ。搦手からの兵をかわしきれず、城の片隅に追いやられているのだろう。

秀満が飛び出したことで、大手門の守りも薄くなっているはずで、今なら押し切れよう。

「よし、一気に城を落とすぞ。者ども、かかれ！」

宗勝が命じると、いっせいに毛利勢が大手門に襲いかかる。

足軽が城門に取りつき、激しく門扉を押しはじめた時、視界の片隅に馬に乗った武者が現れた。

敵であることを疑い、宗勝は鋭い声で誰何（すいか）した。

「止まれ。織田の者か」

武者は馬を止めた。そのふるまいに隙はなく、相当の手練であることがわかる。

これほどの者が城の外にいたのか。

「誰か」

武者は宗勝を見て、名乗る。

うとは。予想外もいいところだ。

「駿河様、本当によろしいので」

槍を振りながら、高坂昌定が声をかけてくる。

迷う気持ちはわかる。昌景も正しい決断を下したとは言い切れない。

しかし、武田を守るのであれば織田を頼らざるをえず、そのために信長は必要不可欠だった。

彼が死ねば天下は再び混乱し、先行きがまったく読めぬ世界が現れる。

それは、今の武田にとって望ましくない。

混乱した領内を立て直すためには、美濃と信濃の国境を安定させつつ、織田の手勢を借りて北条勢を押し返すよりなかった。

不本意ではあるが、信長を守る。

それが昌景の下した判断であり、一度、決めたのであれば、最後までつらぬくよりなかった。

昌景は破れた大手門を毛利勢と共にくぐった。

足軽を追い払いつつ、城の奥に向かう。

「馬は捨てよ。ここでは役にたたぬ」

昌景は馬を下りると、昌定と五人の家臣を引き連れて本丸へと向かった。

「駿河殿、待たれよ。今なら間に合いますぞ」

乃美宗勝が後を追ってきて、声をかけた。

「戦に巻きこまれて、よくわからなかったと言えば、ごまかしもききましょう。それがしにおまかせくだされ」

宗勝の気持ちはありがたかったが、受けいれることはできない。道は分かれたのである。

「御免」

昌景は頭を下げると、宗勝に背を向けた。土橋を渡り、壊れた板塀を乗り越えると本丸に入る。

できたての御殿は毛利勢に囲まれていた。

東の一角が燃えているせいか、かなり明るく、松明なしでも遠くまで見ることができる。

「駿河様、あれを！」

右前方で毛利勢が戦っていた。

相手は一〇名ほどで、槍や刀で戦っている。奮闘しているが、数に押されて追い込まれつつある。

燃えさかる炎が、寝間着姿の男を照らし出した時、昌景は走り出していた。

「下郎、推参！」

昌景はたちまち三人の足軽を切り伏せると、大声で呼ばわった。

「我は武田家中、山県駿河。命が惜しくなければかかってこい！」

思わぬ援軍に毛利勢は戸惑っていたが、それでも三人の足軽が並んで槍を突き出してきた。

昌景はその動きを読むと巧みに懐に入り、刀で敵の一人を切り伏せた。

ついで真ん中の敵を倒し、もう一人が逃げに入ったところで、これも容赦なく首筋を斬った。

すさまじい勢いで血が吹き出したところで、勝負はついた。

毛利勢は気圧（けお）されて下がり、それを見て昌景は声をかけた。

「こちらへ。手前どもが道を開きます」

「待て。おぬし、山県駿河と申したな」

声をかけてきたのは若い小姓だった。血走った目で昌景を見ていた。

「我は森蘭丸成利。山県駿河といえば、武田の重臣であろう。なぜ、ここにいる」

「ゆえあって、播磨に参った。さあ、こちらへ。向こうの板壁が壊れていて、抜け出せますぞ」

「何を言うか。武田は我らの敵。なにゆえ我らを助けるのか」

蘭丸は槍を昌景に向けた。

「謀（たばか）るつもりか。我らを敵中に引っ張り込んで、討ち取るつもりなのであろう」

「その気があれば、とうにやっておる。おぬしらで、この山県駿河を止められるか」

昌景は蘭丸、ついで信長を見た。

炎にあぶられた覇王は禍々しく、それでいて美しく見えた。覇気がすさまじく、見ているだけでその威に圧倒されそうだった。

「右府殿、時がありませぬ。急いでくだされ」

昌景は、心の底から絞りだすような声で語りかけた。

「織田と武田に遺恨があるのは重々承知。我が家との争いで、家中の者が討ち取られておりましょう。そこにはお身内の方々もおられたはず。そのあたりは申し訳ないと考えます」

信長は一直線に昌景を見ていた。その眼光が衰えることはない。

「されど、それは手前どもも同じ。馬場美濃、土屋安房をはじめ、多くの輩が討死しました。さらに言うのであれば、我が主、信玄ですら、右府殿の手にかかったと言えましょう」

笠寺の戦いがなければ信玄は健在で、甲斐で采配を振るっていた。

いや、それこそ駿府に都を打ちたてて、新しい政をはじめていただろう。

「恨みは決して消えませぬ。されど、我が家を守るためには、御身に頼らざるをえず、そのためには我らは力を尽くして戦う所存でございます。

裏切ることはいたしませぬ。まずはついて来てくだされ」

「それが……」

なおも言いつのろうとする蘭丸を信長が制した。高い声が響く。

「あいわかった。おぬしにまかせよう。しっかり儂を守ってみせよ」

「は、はっ」

昌景は頭を下げた。危うく膝をつきそうになるところを懸命にこらえる。

武田の臣として、信長の前で膝を折ることなど許されない。たとえ、その威に打たれたとしても。決して認めない。彼が心を寄せるのは武田信玄とその一族のみ。

昌景は信長に背を向け、先に立って大手門に向かう。

毛利勢が迫る。

数は多いが突破口はあるはずで、ここで退くわけにはいかない。

六

一一月三日　船上城

明智秀満は毛利勢の横合いを突き破って、大手門を目指した。

「ええい、邪魔をするな。貴様らにかまっているわけにはいかんのだ」

槍で突き刺すも、足軽が倒れる時にねじれて、柄が中央から折れてしまった。

やむなく秀満は刀を抜いて迎え撃つ。

組みやすいと見て、足軽の一団が彼を取り込む。さかんに槍で仕掛けてくるところを、秀満は刀を振る。

穂先と刃がからみあって、鈍い音をたてる。

秀満は前に出るべく手綱を振ったが、足軽勢の勢いがすさまじく押し戻されてしまう。

「これでは、上様を助けに行けぬ」

秀満は信長の指示を受け、大手門を飛び出して攻撃をかけたが、敵が追撃してこないのを見てとると、すぐさま城にとって返し、逃げ道を確保すべく横合いから毛利勢を攻めたてた。

強烈な一撃でうまく長柄勢を切り崩したが、それもしばらくの間で、いつしか数に押されて、後退を余儀なくされつつある。

大手門までの距離は、今は一町ほどに開いた。

「まずい」

城内の織田勢は大きく数を減らしており、とても毛利の攻勢はしのげない。

いつ信長が討ち取られてもおかしくない流れだが、助勢に行こうにも毛利勢の壁が厚く、どうにもならない。

「せめて城から抜け出してくれれば……」

信長を守って落ちのびることはできる。朝になれば、姫路から援軍も来るはずで、窮地を脱することができる。

きっかけをつかむためにも、とにかく城から脱出してほしい。

「無理押しするしかないか」

ここで信長が討たれたら、武士の名折れだ。

たとえ命を落とすことになっても、ここは攻めるしかない。

「者ども、行くぞ!」

秀満は刀を振りあげた。

「何があっても上様を助けるぞ。我につづけ」

馬を押し出し、大手門に進路を取ったその時、城門の近くで敵兵が動いた。

前に進む流れが止まって、一部の兵が下がりはじめる。それは勢いを増し、ついには右手方向の毛利勢が大きく退いて、一本の道が開けた。

そこに赤い具足の武者が飛び出してきた。すさまじい勢いで槍を振り回し、敵を薙ぎはらう。

士分でも足軽でもおかまいなしだ。

槍が折れると、家臣とおぼしき武者から新しい槍を受け取り、なおも突破をかける。

赤い武者が土橋にかかると、その後ろに寝間着姿の一団が見えた。

全員が馬に乗っており、赤い武者が切り開いた道をただひたすら駆け抜けていく。

「おおっ、あれは……」

信長だ。全身を血で真っ赤に染めつつも、さながら若武者のように躍動している。

森蘭丸と力丸がその横を固め、敵の弓矢から主人を守っている。

赤い武者は十橋を渡りかけたが、最後のところで毛利勢にはばまれて、勢いを止められた。

「者ども、上様を助けるぞ!」

秀満は馬の腹を蹴り、敵の足軽を押しのけて前に出た。しゃにむに刀を振るい、毛利勢を突き破っていく。

途中、槍の穂先が太股をかすめたが、気にはならなかった。血を止める手間すら惜しい。

力尽きた馬が膝をつくと秀満は大地に立ち、足軽とひとかたまりになって突き進んだ。

もう相手の名乗りも聞いていない。ただ、前に進む。それだけだった。

ようやく足を止めたのは、目の前に赤い具足の武者が現れた時だった。

「織田家中の……いや、おぬしは日向殿の家臣か。久しいな」

太い声に驚いて顔を見ると、山県昌景が笑みを浮かべたところだった。

「そんな、馬鹿な」

なぜ、昌景がここにいるのか。

ここは播磨であろうに、なぜ、昌景が槍を振っているのか。

いや、そもそも昌景は敵であろう。なぜ、信長の前に立って道を開いていたのか。

「ようやった、弥兵次」

信長が馬上から声をかけてきた。その顔には笑みがある。

「おぬしのおかげで、道が開けた」

「は、ははっ」

「山県駿河は、ゆえあって我らの味方をしている。おかげで命を拾った。斬りつけるなよ」

「な、なんと」

まさか、信長と昌景が轡（くつわ）を並べようとは。世界は驚異と不条理に満ちている。

「上様、こちらです」

秀満が西に向かう道を示した時、銃声が響いた。鉄砲だ。

たてつづけに二度、三度と銃声が轟く。

敵味方が入り乱れる、この状況で使うとは。どうやらなりふりかまっていられないらしい。

「鉄砲から守れ。ねらわれるぞ」

ここで、ようやく毛利勢が態勢を立て直して、数で押してきた。

「信長、逃がさん」

声をあげているのは、大将の乃美宗勝か。

取り囲まれたら終わりだが、どうするか。

秀満が顔をゆがめた時、彼方から太い声が響いてきた。

「上様、どこにおわされるか。助けに参りましたぞ！」

声は西から響いている。ということは……。

「小寺、明智の兵七〇〇〇が、すぐそこまで来ておりますぞ。各々方、今しばらく辛抱なさいませ」

少ない織田勢が歓喜の声をあげる。

姫路からの援軍が来た。しかも小寺勢だけではなく、明智勢も伴っている。

これで逆転だ。流れは変わった。

たちまち毛利勢が動揺する。追う立場から追われる立場に変わったことを自覚したのであろう。

「信長を討て。ここが勝負どころぞ」

先陣を切る形になったが、かまってはいられない。なんなら一番槍をつけてもよいぐらいだ。

毛利の将が馬上で彼を迎え撃つ。

まだ若く、槍の動きもすばやい。

しかし、光秀は臆することなく、強烈な一撃を食い止めた。穂先を払いのけると、逆にその喉笛に向かって突きを入れる。

若い将はかわしてみせたが、その勢いには驚いたようだ。明らかにひるんで、馬を下げる。

「それっ、押し込め。上様を助けよ！」

光秀はほかの将や足軽と一体になって、毛利勢を攻めたてた。

押し込まれて敵の将兵は下がっていく。

あとひと息だ。予想外の展開であったが、これで決着はつく。

昨日、光秀は小寺考高から至急、姫路に戻ってほしいという書状を受け取った。毛利が謀を進め

宗勝の声が響くが、兵の動きは完全に止まった。信長が近くにいるのに、攻めたてようともしない。

「今だ。離れるぞ」

昌景が馬を出し、信長がそれにつづく。

秀満は徒士でその後を追う。

たいして城から離れぬうちに松明の輝きが見えた。列を組んで、将兵が近づいている。

そのうちの一つは水色桔梗。明智の兵だった。

七

一一月三日　船上城

うかつであった。まさか、こんなことになっていようとは。

光秀は馬を走らせ、勢いを弱めることなく、毛利勢に挑みかかった。

ており、信長の命が危ないというのだ。

急ぎ姫路に戻ると考高は、すでに毛利勢は動いており、明石の信長をねらっていると説明した。兵は三〇〇〇あまりで、今日の夜にでも攻めかかるらしい。

考高はかつてないほど慌てており、そこからも危機が迫っていることは予想がついた。

光秀は疲れた身体を無理矢理に動かして、明石に向かった。

考高の手配で、街道に沿ってかがり火がたかれ、一里ごとに替えの馬も用意されていた。

おかげで、かつてないほど短い時間で明石にたどり着くことができた。

すでに合戦ははじまっており、光秀の胆は冷えたが、幸い信長は生きていた。

正面を見ると、半町ほど先で寝間着の一団が毛利勢と戦っている。

先頭の武者は、自ら槍で敵を倒していく。その動きに衰えはない。

信長である。

希代の覇王は、自らの手で道を切り開いていた。

そのふるまいに光秀は感服する。

自分が同じ立場であったら、早々にあきらめて腹を切っていた。味方が五〇〇しかいないのに、三〇〇〇の兵で取り囲まれてはどうにもならない。

だが、信長はあえて戦う道を選び、毛利勢に追いつめられながらも船上城を脱出し、光秀と合流する寸前までこぎ着けた。

あきらめぬ意志があったからこそ可能だった。

「上様！」

光秀が声をかけると、信長がこちらを見た。その口元には笑みがあった。

「押せ、押せ！」

光秀が味方を煽ると長柄衆が毛利勢を突破し、

信長と合流した。これで、やられることはない。

「上様、ご無事で」

「日向か。よく来てくれた」

信長は槍を構えたまま、光秀を見やった。

「兵は？」

「七〇〇〇。小寺勢も来ております」

「蹴散らせ。儂も手伝う」

「上様は下がっていてくだされ。ここは手前が」

「平気だ。手伝ってくれる者もおるしな」

信長が横目で見ると、赤い具足の武者が見えた。

顔を見た時、さすがに光秀は驚いた。

山県昌景が、なぜここにいるのか？　しかも信長を助けているとは？

「上様、いったい……」

「織田右府、覚悟！」

光秀の問いは、太い武将の声で遮られた。

「我は乃美助四郎。その命、頂戴いたす」

「毛利の大将か。ならば手前が……」

「いや、殿、それがしにまかせてくだされ」

信長と宗勝の間に割って入ったのは、秀満だった。すでに視線は敵将に向いている。

「醜態をさらしました。せめて大将の首でも取らねば、言い訳がたちませぬ」

「邪魔をするな。我が求めるのは信長の首のみよ」

「ならば、我を倒していけ。できるのであればな」

「ふざけたことを申すな」

宗勝が秀満に仕掛ける。槍の一撃で、正確に首をねらっていた。

秀満はかわすと馬を寄せ、横から槍を振る。

穂先が腕をかすめ、宗勝は顔をしかめる。

なおも秀満は攻めたて、そのたびに宗勝は後退していく。

闘気をまき散らしながらの戦いに、光秀は驚いていた。あんな秀満は見たことがない。まるで人が変わったかのようだ。

「おのれ！」

宗勝は振り向きざまに槍を投げた。

奇襲であったが、秀満は冷静にかわした。逆に間合いを詰め、その肩を突き刺す。

袖が飛んで宗勝は顔をしかめた。

「その首、もらった！」

秀満がとどめを刺そうとした時、毛利勢が押し寄せ、彼と宗勝の間に割って入った。

若い武将が宗勝に語りかける。

「乃美様、こちらへ」

「弘三郎か。されど……」

「ここはお引きを。犬死にはなりませぬ」

弘三郎と呼ばれた武将は、渋る宗勝を引きずるようにして後退した。

毛利勢もそれにつづく。

秀満は追い討ちをかけようとするが、光秀がそれを止める。

「待て、弥兵次。今は殿を守ることが大事よ。兵を散らしてはならん」

ここまできて信長を討ち取られたのでは、なんにもならない。今は守りを固めるべきだ。

秀満はしばし毛利勢の背中を見ていたが、無理はせず、信長の周囲を固めた。

声が小さくなって、敵が後退していくのがはっきりとわかる。

危機は去った。これでひと安心だ。

光秀が見ると、信長はまわりを見て声を張りあげた。

「毛利勢は下がった。我らは勝ったぞ」

おうと和す声があがる。それは決して大きくなかったが、深く心を揺さぶる力強さがあった。

八

一一月三日　船上城

山県昌景は改めて目の前の武将らを見やった。

本丸御殿の玄関前には、信長、光秀、秀満といった織田勢、さらには小寺考高をはじめとする小寺勢の姿が見てとれる。

信長と光秀はなにごとか話をしており、その表情は真剣だった。

どうにも落ちつかない。自分がこの場にいて、普通に溶け込んでいる事実をいまだに受けいれることができずにいる。

それは昌定や昌景の家臣も同じようであり、どこか不安げな表情をしていた。

「どうなさいますか」

「さて、どうしたものかな」

戦は終わった。毛利勢は下がり、信長はかろうじて生き延びた。

昌景が東に顔を向けると、ちょうど朝陽が姿を見せ、力強い輝きを放ちはじめたところだった。

遮る雲はなく、白い輝きに照らされて山の稜線がはっきりと見てとれる。

ふと、故国の山嶺を思い出す。

西国と甲斐では山の形が大きく違う。いまだになじめない。

「もう、ここに用はない。早々に下がりたいところであるが、せっかくの機会だからな、話があることぐらいは伝えたい」

「どうにも居たたまれませんな。織田勢に囲まれていると思うと、こう、太刀に手をかけたくなります」

「余計なことはしてくれるなよ。今は味方であるからな」

認めるのはいささか面倒であったが。

なおも話をつづけようとした時、信長が昌景に歩み寄ってきた。光秀と考高を伴ってのことだ。

「ご苦労であったな、駿河」

「いえ、それほどのことでは」

声をかけられて昌景は頭を下げた。

これは間違っていない。信長を認めたからではなく、単なる礼儀作法だ。

「おぬしのおかげで命を拾った。礼を申すぞ」

思いのほか、素直であった。

世評では気難しく、いつでもいばり散らしているとのことだったが。評判はあてにならない。

「褒美を取らす。何かほしい物があったら申せ」

昌景はためらってから、武田と織田の今後について話したいことがある旨を伝えた。

内情を語るのはいささか口惜しいが、東国の情勢を考えれば、手間をかけてはいられない。

信長は光秀と考高を交互に見た。

三人の表情は神妙だった。おそらく内容は察しているだろう。

それにしても奇妙な絵面だ。

織田の覇王に、その覇業を支える重臣、さらには西国の国衆に、武田家の家臣。立場の異なる武士が集まって立ち話をしている。端から見れば、相当におかしいだろう。

不可解な奇縁が、こうして四人を集めている。

再び顔をあわせることはあるだろうか。

「あいわかった。伊丹に戻り次第、話を聞こう。ひと休みしたら摂津に向かう。客分として扱うゆえ、おぬしもつき合え」

「はっ」

しばらく織田との縁はつづくのか。なんとも不思議なことだ。

信長は視線を転じて、光秀と考高を見た。

「備前、播磨のことはおぬしたちにまかせる。しばらく毛利はおとなしくしているだろうが、気を抜くな。おそらく、この先は猛烈な切り崩しがあるぞ」

「ははっ」

二人はそろって頭を下げた。

毛利勢は今回の戦で痛手を受け、立て直しには時間を要する。

だが、それが織田に有利に働くとはかぎらない。

地の利は毛利にあり、国衆の内情にも詳しい。

今日の味方が明日は敵になっても不思議はない。

「それにしても、ここまで大胆な策を講じるとは。いったい、誰が糸を引いていたのでしょうな」

「確かに。あえて我らを踏みこませておいて隙を作り、上様をねらうとは。我らの考えを読み切ったうえでの一手、気になりますな」

考高の言葉に光秀が同意した。

昌景も、毛利勢の奇襲は見事だと思っていた。

あとひと息のところまで信長を追い込んでおり、わずかに運が向いていれば、毛利の望む形で決着がついた。鬼謀と言ってよい。

「心あたりはある」

信長の言葉に視線が集まる。

「これだけの策、たやすくできるものではない。作りあげたとすれば、あやつであろう」

「いったい、それは……」

「猿よ。羽柴藤吉郎、あやつしかおらぬ」

「なんと」

光秀は声をあげ、考高は目を丸くした。

昌景も衝撃を受けた。

羽柴秀吉のことはよく知っている。

優れた将であったが、彼は笠寺の戦いで死んだのではなかったのか。

「あやつなら、きっちり読み切って手を打つであろう。毛利の田舎侍なら、あやすのもたやすいはず。我らの裏をかくあたりは、見事としか言いようがないな」

「秀吉が毛利についたと？　されど、いったいなぜ？」

「さあ。何か考えがあってのことであろう」

信長の目は冷たく、秀吉に対する思いを感じとることはできなかった。

秀吉は信長に引き立てられた人物であり、もっとも忠義を感じてしかるべきではないか。織田家での扱いも悪くなかったと聞く。

何が叛意に駆り立てたのか、昌景にはよくわからなかった。少なくとも自分にはない考えだ。

「奴が敵に回っている以上、今後も大きな仕掛けを講じてこよう。我らを叩きつぶすためにな。腹をくくってかかれ」

「ははっ」

光秀と考高が膝をつく。

昌景も危うく巻きこまれそうになったが、きわどいところで踏みとどまった。

美しい朝陽が四人を照らし、穏やかな空気が周囲をつつむ。

ようやく昌景が気をゆるめたその時、壊れた城門をくぐって馬が本丸に飛び込んできた。

早馬で、乗り手は織田木瓜（もっこう）の指物をしていた。

「申しあげます」

乗り手は馬を下りると、すばやく信長の前で膝をついた。

その顔は硬くこわばっている。

なんだ。いったい何が起きた？

「九州より急使。豊後の大友宗麟が戦に敗れ、討死いたしました。大友家は総崩れで、臼杵城にとどまっていた丹羽五郎左衛門様の行方もわからずじまいとのこと」

「そんな。いったい何が……」

驚く光秀に、使番はさらに追い討ちをかける。

「なお、定かではございませぬが、大友の件にはバテレンがかかわっていたとの話。あの者たちが城を攻めたという話も届いております」

どういうことだ。

大友と南蛮の者たちはよい関係を築いていたのではなかったか。なのに、なぜ敵に手を貸すのか。

いったい、九州で何が起きているのか。

世界は大きく回りつつある。いったい、自分たちはどこへ流されていくのか。

不安にかられて、昌景は信長を見る。

唯一無二の覇王は表情を引き締め、口を固く結びながら西の空を見ていた。

その思いが、どこにあるのかはわからない。

ただ、信長の厳しい表情を見るかぎり、自分には理解できない、壮大な何かを考えているようだ。

それは間違いないことのように、昌景には思えてならなかった。


（次巻に続く）

RYU NOVELS

天正大戦乱 信長覇王伝

西国燃ゆ！

2020年5月22日　初版発行

著　者　中岡潤一郎（なかおかじゅんいちろう）
発行人　佐藤有美
編集人　酒井千幸
発行所　株式会社　経済界
〒107-0052
東京都港区赤坂 1-9-13 三会堂ビル
出版局　出版編集部☎03(6441)3743
出版営業部☎03(6441)3744
振替　00130-8-160266

ISBN978-4-7667-3284-9

印刷・製本／日経印刷株式会社

Printed in Japan

RYU NOVELS